윈더미어 부인의 부채

—착한 여인에 대한 연극

* 『윈더미어 부인의 부채』는 *Oscar Wilde: Plays*, Harmondsworth, Penguin Books, 1985를 번역한 것임.

윈더미어 부인의 부채

Lady Windermere's Fan

—착한 여인에 대한 연극

A PLAY ABOUT A GOOD WOMAN

오스카 와일드 지음

•

오경심 옮김

도서출판 ❙동인

아일랜드를 떠나 영국에서 희곡작가로서 최정상의 자리에 오른 오스카 와일드의 첫 번째 희극 작품인 『윈더미어 부인의 부채』를 동인 출판사의 배려로 대역 주석본으로 내놓게 되었다. 오스카 와일드는 역자가 가장 좋아하는 영국 극작가들 중 하나이다. 천재성이 발휘되는 그의 재치 있는 말솜씨는 셰익스피어도 경쟁 상대가 되지 못할 정도이다. 그의 매력은 단지 말솜씨에서만 나오는 것이 아니다. 그가 재치 있는 말솜씨로 만들어 내는 환상의 자유 공간이 그를 더욱 매력적으로 다가오게 한다. 와일드의 등장인물들은 자신들의 세계를 지배하는 관례와 법적인 제재 등의 구속을 재치 있는 언어로 전복시킨다. 이렇게 만들어진 환상의 자유 공간에서 이들은 마음껏 자신들의 욕망과 생각을 표현한다. 와일드가 처음부터 이러한 공간을 성공적으로 만들 수 있었던 것은 아니었다. 그는 『살로메』에서 그러한 공간 만들기에 실패한다. 주인공 살로메는 폭력의 희생물이 되고, 『살로메』는 공적 기관의 제재를 당한다. 와일드가 그러한 공간을 성공적으로 만들기 시작한 것은 『살로메』 이후 써낸 네 편의 희극 작품들을 통해서이다. 와일드가 그러한 환상의 자유 공간을 희극 『어니스트 놀이』로 완성하는 순간, 와일드는 다시 공적 기관의 폭력에 희생물이 된다. 이는 아이러니 중 아이러니라 아니 할 수 없다.

　본 대역 주석본을 내면서 다시 한 번 실감한 것은 번역의 어려움이었다. 오스카 와일드의 언어가 지닌 역설적 경구의 반짝거림을 우리말로 옮기는 것은 정말 쉽지 않은 일이었다. 번역 작업은 체력과 끈기, 언어 감각, 그리고 지적 능력을 필요로 한다. 더불어, 연극적 감수성이 필수 요건이다. 본 역서의 연극적 특성을 살리기 위해, 이성실, 김다혜, 어윤경과 번역된 원고들을 같이 읽으면서 수정 작업을 여러 차례 하였다. 이 세 제자들의 적극적 도움에 진심으로 감사한다. 마지막으로 『윈더미어 부인의 부채』를 기꺼이 출판해 주기로 한 동인 출판사에 감사의 뜻을 전하고 싶다.

역자 오경심

차 례

오스카 와일드

오스카 와일드는 1854년 10월 16일, 더블린의 유명한 외과 의사였던 윌리엄 와일드 경과 열정적으로 영국의 압제에 투쟁한 아일랜드 애국 투사이면서 시인으로 유명했던 제인 프란체스카 엘지 사이에 둘째 아들로 태어났다. 오스카의 어머니는 오스카를 가졌을 때 그가 딸이기를 바랐었다. 그러나 오스카가 아들이라는 사실에 어머니는 크게 실망한다. 그 실망은 그의 양육에까지 영향을 끼친다. 와일드 부인은 오스카가 아들임에도 불구하고 그를 그녀의 분신처럼 키운다. 첫째 아들 윌리엄 윌즈 와일드가 아버지의 아들이었다면 둘째 아들인 오스카 와일드는 어머니의 아들이었다고 할 수 있다. 두 살 위인 형 윌리엄은 게으른 것만 제외하면 복사판이라고 할 정도로 아버지를 닮았다. 그는 학교에서 인기가 있었으나 오스카는 그렇지 못했다. 오스카는 보통 남자아이들과는 달리 게임과 싸우는 것을 싫어했으며, 대부분 남자아이들이 보물로 여기는 칼과 같은 물건보다는 꽃과 석양 등을 더 흥미로워 했다.

오스카의 어머니 엘지는 처음에는 존 펜쇼우 엘리스라는 필명으로, 후에는 스퍼랜자로 필명을 바꾸어 시를 발표하고 선동적이며 정치색을

떤 글들을 발표한다. 그러나 결혼 후 와일드 부인이 된 후에는 이러한 정치적 글쓰기를 자제한다. 대신에 가정에 열정을 쏟으면서 시 쓰기와 아일랜드 민속에 관한 책을 쓰기 위한 연구에 몰두한다. 시 쓰기와 아일랜드 민속 연구에 보인 와일드 부인의 열정은 그녀를 더블린에서 문학과 예술 동호인 모임의 중심이 되게 하기에 충분하였다. 오스카의 재치 있는 말솜씨는 아버지에게서 물려받은 것이지만, 오스카가 작가로서 성장할 수 있었던 배후에는 시인이며 민속 연구가인 어머니의 커다란 영향이 있었다.

오스카의 전기를 쓴 필리페 줄리앙은 스퍼랜자와 와일드의 독서량을 가르가멜라와 가르강뛰아의 엄청난 식욕에 비유한다. 오스카는 어머니에게서 독서능력만을 물려받은 것이 아니다. 아일랜드 언어와 민속 연구로 아일랜드 정체성 회복을 위해 열정을 바친 어머니에게서 아일랜드 민족주의 정신을 물려받게 된다. 그러나 와일드와 그의 어머니는 활동 스케일에 있어 차이를 보인다. 어머니는 민족주의자로서 일생 아일랜드 내에서 아일랜드의 정체성 회복을 위해 살았지만, 와일드는 아일랜드 내의 민족주의자로만 머물지 않는다. 그는 영국으로 건너가 아일랜드 인으로서 영국인의 가면을 쓰고 영국인보다 더 영국인다운 작가가 된다. 요컨대, 영국인보다 영어를 더 잘 구사함으로써 영어로 영국을 정복할 뿐만 아니라 심미주의라는 전통을 심음으로써 영문학을 더욱 풍요롭게 만들기까지 한다.

와일드가 영문학에 심미주의라는 새로운 전통을 만드는 주역 중에 하나가 될 수 있었던 것은 어머니를 통해 처음 접하기 시작한 그리스 로마 고전에 대한 열정이 있었기 때문이다. 와일드 부인은 학교에 들어가기 전에 오스카에게 그리스어와 라틴어의 기초를 가르친다. 오스카는 학교에 들어가 얼마 지나지 않아 그리스어와 라틴어 과목에서 상급생을 따라 잡게 된다. 뿐만 아니라 12살에 이미 호머와 버질을 원문으로 읽을 수 있게 된다. 오스카는 17살이 된 1871년 10월에 더블린의 트리니티 대학에 장학금을 받고 입학한다. 부학장이며, 고대역사 교수인 존 팬트랜드 마하피 목사와 티렐 교수의 가르침으로 와일드의 고전에 대한 지식은 점점 깊어진다. 두 교수의 영향으로 오스카는 일생 고전에 대한 열정을 갖게 될 뿐만 아니라 그리스 문화를 사랑하고, 그리스 언어에 대해 정통한 지식을 보유하게 된다. 뿐만 아니라 앞으로 오스카는 '심미주의자' 그리고 '재사가 될 잠재 능력'을 키운다.

마하피 교수에 의해 오스카에게 심어진 심미주의와 그리스 미에 대한 이상의 씨앗이 싹을 트고 꽃을 피우게 된 것은, 와일드가 옥스퍼드 대학을 다니면서, 존 러스킨과 월터 페이터의 가르침을 받았기 때문이다. 옥스퍼드 대학교에서 미술과 교수로 미술, 건축, 이태리 르네상스 역사에 있어 전문가로 유럽에서 폭넓은 명성을 얻고 있었던 존 러스킨의 미학이론은 오스카에게 영향을 주며, 월터 페이터는 '심미주의자'이며 '재사로서 오스카의 잠재력을 개발하는데 직접적 영향을 준다. 오스카는 월터 페이터의 제자이며 추종자가 된다.

존 러스킨에서 시작하여 윌리엄 모리스로 이어지는 심미주의는 월터 페이터에 이르러 완성된다. 페이터의 심미주의에는 러스킨이나 모리스 등이 내세우는 사회적 목적이 없다. 그의 심미주의의 유일한 목적은 쾌락주의적인 목적, 즉 심미적 체험의 강도를 높이는 일이다. 우리에게는 단 하나의 진리, 즉 순간의 진리, 순간의 환희와 쾌락이 있을 뿐이다. 우리가 그것을 접할 수 있는 유일한 길은 그 순간의 내적인 힘, 고유의 매력, 그리고 아름다움을 음미함으로써 이다. 월터 페이터의 심미주의는 '예술을 위한 예술로 발전된다. 월터 페이터의 제자이며 추종자인 오스카는 이를 이어 받아 자신의 삶과 작품에 실현한다.

옥스퍼드 대학에서 존 러스킨과 월터 페이터와 와일드의 만남은 작가로서 와일드의 미래에 결정적이다. 우선, 오스카가 이 두 선생님을 만나지 못했더라면, 대학교 졸업 후(1878) 심미주의자로서는 물론 '재기 있는 좌담가'로서 런던에서 자리 잡지 못했을 것이다. '재기 있는 좌담가'로서 그가 자리 잡은 데는 그의 심미주의적 혜안과 재치가 결정적 역할을 하기 때문이다. 오스카는 1895년 알프레드 더글러스 경과의 동성애로 인해 퀸즈베리 남작(알프레드 더글러스의 아버지)과 법정 공방을 벌리기 전까지, '재기 있는 좌담가'로서 뿐만 아니라 희곡 작가로서 최고의 명성을 누리게 된다.

알프레드 더글러스를 만나기 전까지 와일드는 1884년 콘스탄스 로이드와 결혼하여 아들 둘을 두고 런던의 타이트 가에 정착하여 살았다. 알프레드 더글러스 경과의 동성애로 인한 이중생활은 와일드 부부의 정상적 결혼 생활뿐만 아니라 와일드의 사회적 명성까지 위태롭게 만든다. 와일드는 자신의 가정생활이 위험을 당하고, 자신의 사회적 명예가 위태로워진다고 해도 알프레드 더글러스와의 관계를 포기할 수 없었다. 와일드는 '틀에 박힌 단조로움, 관습의 노예, 습관의 횡포, 인간을 기계 차원으로 축소시키는 사회적 가치관을 뒤흔들어 놓음으로써 강한 경험을 하도록 자극하는 것'을 예술가의 임무로 삼기 때문이다. 와일드는 작품에서 실생활에서 개인을 억압하는 관습과 틀을 뒤흔들어 놓는 것에 멈추지 않는다. 관습에서 벗어난 세계 속에서 완전한 자유를 구가하면서 자신을 창조하려 한다. 동시에 현실 속에서도 그러한 식으로 살려고 하였다.

와일드에게 있어 가장 중요한 핵심어 중 하나는 자기실현이다. 더글러스를 만난 이후 사회의 관습에서 벗어난 '동성애'의 지하 세계에서 자유를 구가하면서 자기실현을 이루려했다면, 작품에서의 등장인물들은 자신들이 속한 연극의 세계에서 자기실현을 이루려한다. 와일드는 작품에서 역설과 완벽한 형식미를 사용하여 기존의 가치관을 전도시키고 자기실현이 가능한 자유로운 세계를 만들어 낸다. 그러나 이와 같은 자유로운 세계가 작품에서는 실현가능하나 현실에서는 퀸즈베리 남작이라는 빅토리아 가치관에 의해 방해를 받게 된다. 와일드가 퀸즈베리 남작에게 패소했다는 사실은, 와일드가 작품을 통해서는 역설과 경구의 폭탄으로 '진지함'(earnestness)을 폭발해서 얻은 공간을 이용하여 자신을 주장할 수 있었는데 반하여, 현실에서 와일드는 그러한 행위를 성공적으로 수행하는 것이 수월하지 않았음을 말해 준다. 와일드는 퀸즈베리 남작에게 패소한 후, 2년 남짓의 감옥 생활을 한다. 이 세월은 희곡 작가 와일드에게뿐만 아니라 인간 와일드에게도 치명타가 되어, 출소한지 5년 만에 프랑스 파리의 한 호텔 방에서 죽음을 맞이하게 된다.

『윈더미어 부인의 부채』

1892년, 세인트 제임스 극장에서 초연된 『윈더미어 부인의 부채』는 1777년 5월 8일, 런던에 드루어리 레인 극장에서 공연된 『추문 학교』를 연상케 하는 풍속희극1)이다. 『윈더미어 부인의 부채』와 『추문 학교』는 왕정복고기 풍속희극의 전통을 따르고 있지만 두 작품 모두 자신의 시대에 유행했던 드라마의 특징을 반영하고 있다. 리처드 셰리든의 『추문 학교』에는 18세기에 유행한 감상희극의 요소들이 중요 요소로 작용하고, 와일드의 『윈더미어 부인의 부채』에는 19세기에 유행한 잘 짜인 연극 형식, 멜로드라마, 그리고 소극이 중요 요소로 작용한다. 오스카 와일드의 『윈더미어 부인의 부채』는 앞서 지적한 잘 짜인 연극의 요소, 멜로드라마

---

1) 『추문학교』는 17세기 왕정복고 시대 영국의 희극 전통으로 자리 잡은 풍속 희극의 맥을 잇는 18세기 말 작품이다. 『추문 학교』는 18세기를 거치면서 17세기 말의 자유로움이 많이 손상당하고 대신에 도덕주의 색채가 강해진다. 그럼에도 불구하고 아직 『추문학교』는 귀족 사회를 배경으로 그들의 풍속도를 그려내고 있다. 음모로 진실이 왜곡되고, 외양의 기만적 성질이 판을 치는 혼란스러운 사회가 삶의 터전일 수밖에 없는 선한 주인공은 그러한 삶의 터전에서 자신의 사랑을 방해하는 장애물들을 이겨내고 결국은 돈과 사랑을 다 차지하게 되는 전형적 희극의 플롯을 가지고 있지만 작품의 주제는 상당히 도덕적이다. 아무리 상황이 나빠도 결국은 선이 승리한다는 것을 보여준다는 점에서 작품의 주제는 상당히 권선징악적이다.

그리고 소극의 특징을 가지고 있지만, 그것이 전부는 아니다. 이 모든 요소들이 재치 있는 대화와 상호작용하면서, 『윈더미어 부인의 부채』를 20세기를 내다보는 희극으로 만든다.

『윈더미어 부인의 부채』의 플롯은 두 갈래로 나뉜다. 그 중 하나는 윈더미어 가족의 위기와 극복의 이야기이고, 또 다른 하나는 얼린 여사의 정체성을 밝혀가는 과정이다. 이 두 이야기는 밀접한 연관관계를 가진다. 윈더미어 가족의 위기와 극복의 멜로드라마적 플롯에서 관객들은 선악 대결 구도를 기대할 수도 있으나, 그러한 대결은 나타나지 않는다. 사회적 관습에서 벗어난 자유로운 영혼의 두 댄디들이 윈더미어 부인에게 영향력을 행사하면서, 윈더미어 가족의 위기에 원인을 제공하는가 하면, 또한 위기를 극복하는데 도움을 준다.

『윈더미어 부인의 부채』의 플롯의 주요인물인 윈더미어 부인을 행동하게 하는 것은 달링턴 경과 얼린 여사이다. 초반에는 달링턴 경이 윈더미어 부인을 행동하게 하고, 중반 이후는 얼린 여사가 윈더미어 부인을 행동하게 한다. 윈더미어 부인을 행동하게 하는 달링턴 경은 자신의 욕망을 최우선으로 하는 개인주의 철학을 주 원리로 살아가는 댄디2)이고, 중반 이후의 플롯에서 윈더미어 부인에게 변화를 가져 오는 이혼녀 얼린 여사 또한 세상에 대한 경험이 많은 사회적 관습에 얽매이지 않은 자유로운 사고의 댄디이다.

윈더미어 가족의 위기와 극복의 플롯에서 윈더미어 부인의 적수는 얼린 여사이다. 와일드는 두 인물의 특징을 완전히 상반되게 설정한다. 얼린 여사를 남의 이목을 두려워하지 않고 자신의 욕망과 목적대로 행동

---

2) 와일드의 초기 작품에 등장하는 '댄디'는 '가짜 댄디'이다. 이들은 인간미라고 느낄 수 없는 '지적 멋쟁이'에 불과하다. 와일드의 심미예술관이 발전함에 따라 '가짜 댄디'는 '진짜 댄디'로 변화하게 된다. '진짜 댄디'는 '가짜 댄디'와 달리 지성과 인간적인 감정이 적절히 배합된 인물이다.

하는 이기적이고 사악한 여자로 만드는 반면, 윈더미어 부인은 이분법적 사고로 옳은 것과 그른 것의 차이를 분명히 아는 청교도, 또한 사랑과 희생을 그녀의 이상으로 삼고 살아가는 착한 여자로 그려낸다. 와일드는 이렇게 선악의 구도에 맞게 두 인물들을 상반되게 설정함으로써 『윈더미어 부인의 부채』가 멜로드라마의 공식을 따른다는 착각을 관객에게 하게 만든다. 그러나 그런 착각에 빠져들려는 순간, 와일드는 멜로드라마의 공식을 뒤엎는 상황을 관객에게 제시한다.

와일드는 윈더미어 부인과 얼린 여사로 하여금 멜로드라마 공식에 어긋나게 행동과 말을 하게 할 뿐만 아니라, 두 댄디인 달링턴 경과 얼린 여사로 하여금 빅토리아 시대를 지배하던 인습적 생각과 행위 등을 공격하게 한다. 두 댄디들은 개인주의적 자유로운 사고와 행위로 멜로드라마의 틀뿐만 아니라, 사회의 인습을 깨는 듯하지만, 『윈더미어 부인의 부채』의 세계를 근본적으로 변화시키지 못한다. 이유는 런던 상류사회를 무대로 끊임없는 연회와 티파티, 청혼과 이혼과 추문 따위로 세월을 보내고 있는 돈 많고, 하릴없고, 경박하고, 무익한 인간들이 『윈더미어 부인의 부채』의 세계를 구성하는 주요 주민들이기 때문이다. 이들의 세계에 근본적 변화가 찾아오려면 주요 주민들의 사고의 근본적 변화가 필요하다. 이들의 근본적 변화가 이루어져야, 이들이 주도하는 인습의 세계에서 개인주의의 원리로 살아가는 두 댄디인 달링턴 경과 얼린 여사가 숨을 쉬면서 살아갈 수 있을 것이다.

1막 초반에 와일드는 자신의 욕망을 최우선으로 하는 개인주의 철학을 대변하는 달링턴 경과 청교도의 절대적 도덕성을 대변하는 윈더미어 부인을 나란히 놓는다. 1막에서 달링턴 경은 남녀사이의 친구관계, 남자의 외도, 그리고 과거를 가진 여자에 대해 개인주의 철학에 준한 열린 태도를 가지고 있는데 반해, 청교도적 윈더미어 부인은 절대적 도덕적 가치에 매여 있다. 그러나 달링턴 경이 남편인 윈더미어 경과 얼린 여사와의 스캔들을 확인해 주는 여러 증거들을 제시하자, 윈더미어 부인의 굳건했던 도덕적 가치들이 흔들리게 된다. 그 흔들림은 곧 결혼 생활에 대한 회의로 이어지고, 그 회의는 그녀의 인생의 항로를 바꾸어 놓을 수 있는 행동으로 이어진다. 윈더미어 부인은 남편이 그녀에게 더 이상 충실하지 않다고 판단하자마자, 자신의 가정을 버린다. 그녀가 가정을 버리기로 결단을 내릴 때, 요컨대 그녀가 일생일대의 결단을 내릴 때, 자신의 6개월 밖에 되지 않은 아이는 숙고해야 할 대상이 되지 못한다. 윈더미어 부인이 신봉하던 절대적 청교도적 도덕적 가치도 남편에 대한 회의를 시작하면서 휴지 조각이 된다. 윈더미어 부인의 삶의 중심에 있었던 도덕적 가치는 그녀의 인생의 갈림길에 어떤 힘도 발휘하지 못한다. 윈더미어 부인이 윈더미어 경과의 결혼 생활을 끝내는데 필요한 것은 단 한 장의 편지일 뿐이다.

윈더미어 부인이 이처럼 무모해 질 수 있었던 것은 달링턴 경의 사랑 고백 때문이었다. 그렇다면 윈더미어 부인이 가정을 버린 것은 달링턴 경을 진정 사랑했기 때문인가? 그렇지 않다. 무엇이 윈더미어 부인을 달링턴에게로 달려가게 했는가? 이는 아마도 남편에 대한 자기 방어 본능에서 비롯되었을 것이다. 아이러니컬하지만, 그녀의 이와 같은 무모한 행동은 윈더미어 부인을 잠시나마 그녀를 얽매고 있던 도덕주의로부터 벗어나게 한다. 윈더미어 부인은 그러한 행동으로 멜로드라마의 전형적 인물에서 벗어난다. 만약 그녀가 멜로드라마의 전형적 인물로 머물려면, 남편과 얼린 여사로 인한 시련을 참아냈어야 했다. 그러나 윈더미어 부인은 시련을 참아내기 보다, 자신의 욕망을 따른다. 착한 여인을 대표하는 윈더미어 부인이 자신의 이기적 욕망에 의해 이와 같은 행동을 한다는 것은 멜로드라마에서는 있을 수 없다.

와일드는 멜로드라마의 공식과 어긋나게 윈더미어 부인에게는 이기적 욕망을 발휘하게 하면서, 한편 얼린 여사에게는 모성애를 발휘하게 한다. 와일드는 윈더미어 부인에게 시련을 주는 악의 화신이어야 하는 얼린 여사에게 모성애를 부여함으로써 윈더미어 부인을 적극 불행으로부터 구출하는 구원자로 만들어 버린다. 이로써, 관객들은 고통을 당하는 선량한 주인공에게 느끼는 연민의 감정을 윈더미어 부인에게서 느낄 수 없으며, 악 때문에 당하는 선량한 주인공에 시련을 주는 악에 대한 분노를 얼린 여사에게 느낄 수 없게 된다. 와일드는 선량한 주인공인 윈더미어 부인에게 악녀에게서나 볼 수 있는 도덕적 기준을 벗어난 행동을 하게하고, 악녀에 해당하는 얼린 여사에게 모성애를 발휘하게 함으로써 관객을 어리둥절하게 만든다.

1막과 2막에서의 얼린 여사는 이기적 욕망에 의해 행동하는 악녀로 등장한다. 그녀는 윈더미어 가족에게 고통을 주는 신분이 알려지지 않은 비밀스러운 여인으로 나타난다. 그녀는 윈더미어 부인에게 '어머니에 대한 환상'을 지켜주기 위해 어떤 희생도 기꺼이 감수하려는 윈더미어 경의 약점을 이용해 돈을 뜯어내며, 그 돈으로 그럴 듯하게 자신을 만들어 오거스터스 경과 결혼을 하려한다. 그녀는 "망할 클럽, 망할 모든 것"으로 이루어진 상류사회에 진입하기 하기 위해 물불을 가리지 않으며, "자신이 하고 싶은 일을 마음먹으면 누구에게나 시킬 수" 있을 정도로 모든 상황에 능수능란하게 대처하는 뻔뻔스럽지만 능력 있는 여인이다. 윈더미어 부인이 집을 떠나면서 윈더미어 경에게 쓴 편지를 읽지 않았더라면, 얼린 여사는 자신의 이기적 욕망을 위해 윈더미어 가족을 괴롭히는 행동을 계속 했을 것이다.

윈더미어 부인이 윈더미어 경에게 쓴 편지를 읽는 순간, 얼린 여사는 윈더미어 부인의 행동과 글이 20년 전 자신이 저질렀던 것과 너무나도 똑같다는 사실에 충격을 받는다. 그러한 충격으로 얼린 여사는 내면에 잠자고 있던 모성애를 깨우게 되며, 이로 인해 그때까지의 모습과는 전혀 다르게 행동하게 된다. 이기적 욕망에 의해 행동하던 악녀의 모습은 얼린 여사와 윈더미어 부인과의 관계에서는 더 이상 찾아 볼 수 없게 된다. 가부장 사회에서 여성들의 필수 덕목 중 하나인 모성애로 가득 찬 덕스러운 엄마로 변신한다.

처음으로 강한 모성애를 경험한 얼린 여사는 윈더미어 부인을 구하기 위해 달링턴 집으로 향한다. 위기 대처 능력과 사람 다루는 능력이 뛰어난 얼린 여사는, 처음으로 그러한 능력을 자신의 욕망이 아니라, 딸을 불행으로부터 구하는데 100퍼센트 발휘한다. 그러나 윈더미어 부인의 강력한 저항에 부딪힌다. 얼린 여사가 윈더미어 부인의 그러한 저항을 극복할 수 있었던 것은 바로 처음으로 그녀가 경험한 모성애 때문이었다. 얼린 여사는 엇나가기만 하는 윈더미어 부인에게 자신의 진정성을 증명하기 위해 자신이 윈더미어 부인이 윈더미어 경에게 쓴 편지를 읽었음을 고백한다. 그 증거로 편지를 내 놓는다. 얼린 여사가 그러한 행동을 한 동기는 윈더미어 부인을 나락의 구렁텅이에서 구하기 위해서였다고 털어 놓지만, 윈더미어 부인은 그것을 순수하게 받아들일 수 없다. 얼린 여사가 왜 갑자기 착한 여자가 되어 그녀를 구해야 하는지 이해할 수 없기 때문이다. 오히려 윈더미어 부인은 얼린 여사가 그녀에게 치명타를 입힐 수 있는 결정적 약점을 잡아 그녀를 이용하려 한다고 생각한다. 얼린 여사는 자신이 그런 여자가 아님을 윈더미어 부인에게 설득하기 위해, 자신이 어떤 몰염치한 행동을 했는지를 솔직하게 털어 놓는다. 그녀는 윈더미어 경의 부인에 대한 사랑을 이용해 윈더미어 경에게 돈을 뜯어냈음을, 요컨대, 윈더미어 경은 얼린 여사에게 '사랑 때문이 아니라 증오심 때문에, 숭배가 아니라 경멸 때문에 돈을 줬음을 고백한다. 이렇게 자신의 결정적 약점을 드러내면서까지 윈더미어 부인을 설득해 윈더미어 경에게로 돌려보내려 하는 것은 얼린 여사의 모성애가 아니었으면 가능하지 않았을 것이다.

얼린 여사의 모성애로 인한 행동은 여기에서 멈추지 않는다. 달링턴 집에서 윈더미어 부인이 돌아가는 것을 방해하는, 그리고 그녀의 결혼 생활을 파멸로 이끌 수 있는 상황이 벌어지자, 얼린 여사는 윈더미어 부인을 구하기 위해 자신의 파멸을 불러 올 수도 있는 상황을 연출한다. 요컨대, 윈더미어 부인이 실수로 달링턴 집 거실에 놓아둔 부채 때문에 윈더미어 경에게 의심을 받게 되자, 얼린 여사는 그 부채가 너무 갖고 싶어서 그녀 자신이 윈더미어 경 집에서 들고 나왔다고 거짓말까지 한다.

지난 밤 달링턴 경의 집에서의 부채 사건 이후로 윈더미어 경과 윈더미어 부인의 얼린 여사에 대한 견해가 완전히 뒤바뀐다. 윈더미어 부인은 얼린 여사에 대해 호의적이 된 반면, 윈더미어 경은 초반과는 달리 얼린 여사를 정말 나쁜 여자라고 생각한다. 악녀로서 가면을 쓴 얼린 여사를 표피적으로 경험한 윈더미어 경에게 얼린 여사는 악녀일 뿐이다. 그러한 얼린 여사는 윈더미어 경의 이분법적 도덕적 사고를 강화시킬 뿐이다. 그러나 윈더미어 부인이 경험한 얼린 여사는 전혀 다르다. 진정한 의미의 사랑과 희생을 실천할 수 있는 인물이다. 그러면서 그러한 것을 전혀 생색내지 않는 성숙한 인물이기도 하다. 또한 자기 자신의 헛된 망상을 쫓지 않는 현명한 여인이며, 어느 경우에 처하더라도 자신의 행동에 책임을 지는 진정성이 있는 인물이다.

쾌락 추구, 재치를 통한 냉소주의로 세상 비판하기, 미의 생활화, 개인적 욕구 추구 등에만 열중하던 얼린 여사가 실천한 진정한 모성애는 그녀를 진정성 있는 댄디로 성숙할 가능성을 열어 놓으면서, 그녀 자신을 멜로드라마 식 악녀의 카테고리에서 벗어나게 한다. 뿐만 아니라 그녀의 딸 윈더미어 부인의 이분법적 사고의 틀을 깨게 한다. 와일드는 달링턴 경과 윈더미어 부인, 얼린 여사와 윈더미어 부인의 관계를 통해 멜로드라마의 틀 깨기를 시도하면서, 동시에 진정한 댄디 얼린 여사의 정체성 찾기의 플롯을 전개시킨다.

『윈더미어 부인의 부채』에는 이미 언급했듯이, 두 플롯이 전개된다. 윈더미어 가족의 위기와 극복의 플롯과 함께 얼린 여사의 댄디로서의 정체성을 구축하는 플롯을 병행시킨다. 윈더미어 가족의 위기와 극복의 플롯에서 윈더미어 부인은 청교도적 도덕관의 변화를 보이지만, 근본적으로 변화하지는 못한다. 그러나 댄디로서의 자신의 정체성을 구축하기 플롯에서 얼린 여사는 성숙한 댄디로 성숙할 가능성을 보인다.

『윈더미어 부인의 부채』의 세계에 얼린 여사는 무명의 악녀로 발을 들여 놓는다. 이 세계에 발을 들여 놓기 전의 얼린 여사는 영국 밖에서 자유롭게 떠돌아다니던 보헤미안이었다. 얼린 여사가 보헤미안으로서 살게 된 것은 한 때의 실수 때문이었다. 그 실수로 그녀는 오랫동안 사회에서 버림받는 괴로움을 겪어야 했다. 그러한 상황에 놓여있던 얼린 여사는 어느 날, 신문에서 딸인 윈더미어 부인이 부유한 윈더미어 경과 결혼했다는 기사를 읽고 영국 상류사회로 재 진입할 것을 계획한다. 영국 상류 사회로 다시 진입하려면, 상류 계층의 누군가와 결혼해야 함, 그리고 그러한 결혼을 위해서 돈이 필수임을 얼린 여사는 누구보다 잘 알고 있었다. 이를 위해 그녀는 윈더미어 경을 적극 이용한다. 윈더미어 경이 자신의 아내를 사랑한다는 사실을 약점을 삼아 그에게서 돈을 뜯어내어 결혼하기 위해 필요한 환경을 만들 뿐만 아니라, 결혼상대로서 매력적으로 보이기 위한 결혼 지참금까지 보장받는다.

악녀의 가면을 쓰고 어디에선가 런던 사교계에 나타난 얼린 여사는 멋진 의상을 입을 줄 알 뿐만 아니라, 상황에 맞게 재치를 발휘하여 자신이 원하는 대로 상황을 만들어 갈 수 있는 유능함을 보인다. 뿐만 아니라 인간적 매력으로 가득 차 있다. 윈더미어 부인 생일 파티에 참석한 사람들의 여사에 대한 태도의 변화가 그 증거이다. 파티 참석자들은 그녀를 만나기 전에는 그녀에 대해서 부정적 생각을 하고 있었지만, 그녀를 만나본 후에는 모두 생각들을 긍정적으로 바꾼다.

작품이 진행되면서 얼린 여사는 악녀에 어울리지 않게 진심으로 모성애를 발휘하게 된다. 그럼에도 불구하고 그녀는 악녀로서의 가면을 계속 쓰는데 그 이유 중 하나는 순수한 엄마에 대한 딸의 환상을 깨지 않기 위해서이다. 그러나 얼린 여사는 강렬한 모성애에 집착하지 않는다. 얼린 여사는 달링턴 경 집에서 윈더미어 부인에게 일생 처음 모성애를 강하게 느꼈지만, 그 모성애를 계속해서 발휘하는 것을 거부한다. "그 감정들은 끔찍했어요. . . . 그것들이 나를 고통스럽게 만들었어요." 모성애가 개인으로서 그녀를 위협하자, 이를 통제하면서 이에서 벗어난다. 그녀는 모성애를 인정하는 순간 그녀의 환상인 심장 없는 여자로서의 자신의 정체성이 사라져 버리는 것을 참을 수 없어한다. 결국, 얼린 여사는 모성애를 가진 엄마로 살기보다, 심장 없는 여자로 살 것을 결정한다. 다시 말해, 얼린 여사는 댄디로 살아 갈 것을 결심한다.

요즘 마음을 위안하는 것은 회개가 아니라 쾌락이에요. 회개는 정말 시대에 뒤떨어진 거예요. 게다가, 여자가 진정 회개한다면, 형편없는 양장점에 가야만 해요. 그렇지 않으면 아무도 그녀의 가치를 인정하지 않거든요. 세상에 무슨 일이 일어나도 나는 그렇게 못해요. . . . 나는 둘의 인생에서 빠질 거예요. 내가 두 사람의 인생에 끼어든 것은 실수였어요.

얼린 여사가 댄디로 살아가기 위한 필수 요건 중 하나는 엄마라는 정체
성을 버리는 것이다. 얼린 여사는 이를 위해 그녀의 정체성을 윈더미어
부인에게 밝히려는 윈더미어 경에게 강력하게 대처할 수밖에 없으며, 달
링턴 경의 집에서 있었던 일을 윈더미어 부인에게 비밀로 부치게 할 수
밖에 없다.

얼린 여사의 이와 같은 행동은, 아이러니컬하지만, 윈더미어 부인에
대한 진정한 사랑에서 비롯된다. 헌신, 욕심 없음, 희생을 강요하는 모성
애 때문이 아니라 하나의 인간으로 윈더미어 부인을 좋아하기 때문이다.
만약에 윈더미어 경이 그녀의 정체를 밝힌다면 진정한 두 인간의 만남이
모성애 때문에 방해를 받을 것이 두렵기 때문에 얼린 여사는 "내 딸에게
내가 누구인가를 [윈더미어 경이] 말하는 것"을 용납하지 않는다. 만약
그런 사실을 꼭 밝혀야 한다면, 윈더미어 경의 집을 떠나는 마지막 순간
이 되어야 한다고 한다. 윈더미어 경의 집을 떠나는 순간 얼린 여사는
자유정신으로 살아가는 댄디로 돌아갈 것이기 때문에 모성애 따위의 감
정에 구애를 받지 않을 것이다.

얼린 여사는 비밀을 털어놓으려 하는 윈더미어 부인에게도 단호하
게 대처한다. 윈더미어 부인이 어제 밤 달링턴 집에서 있었던 일에 대해
감사함을 표하면서 그 사실을 남편에게 이야기 할 것이라 하자 이를 얼
린 여사는 적극적으로 말린다. 그녀는 남편 외에 다른 사람에 대한 의무
도 있음을 상기시키면서, 그녀에게 진 빚을 침묵으로 갚으라 한다. 지난
밤에 있었던 일을 비밀로 할 것을 강조하면서, 남편의 인생에 불행을 끌
어들이지 말라고 한다. 비밀을 지키는 것은 윈더미어 경의 윈더미어 부
인에 대한 사랑을 지키기 위해 필수적임은 물론, 아기를 위해 꼭 필요하
다고 설득시킨다. 얼린 여사 자신은 비록 엄마로서 임무를 수행하는데
실패했지만, 윈더미어 부인이 자신의 전철을 밟지 않도록 하기 위해 얼

린 여사는 끝까지 포기하지 않으면서, 자신의 견해를 관철시킨다.

얼린 여사와 윈더미어 경, 얼린 여사와 윈더미어 부인과의 마지막 대화를 통해 우리는 얼린 여사가 진정한 댄디로 살아 갈 것임을 알게 된다. 얼린 여사는 진실이 윈더미어 경과 윈더미어 부인에게 불행을 가져온다면 그 진실은 묻어 두어야 한다고 생각한다. 아직 이 두 인물이 진실을 수용할 정도로 자유로운 사고를 가진 성숙한 인물들이 아니라는 것을 알기 때문이다. 작품 마지막에 오거스터스 경에게 하는 윈더미어 경과 윈더미어 부인의 얼린 여사에 대한 논평은 얼린 여사가 자유로운 댄디가 될 것임을 알리는 신호이다. 그녀는 착하면서, 똑똑한, 그 이상의 다면성을 가진 댄디의 면모를 보인다.

윈더미어 경   어, 정말 자네는 똑똑한 여자와 결혼하는군!
윈더미어 부인   [남편의 손을 잡는다.] 아 정말, 착한 여자와 결혼하
　　　　　　　시네.

와일드는 자신의 인격에 충실한 생활만이 스스로를 깨닫게 하며 현실에 올바른 판단을 할 수 있게 함을 얼린 여사의 댄디로의 정체성 구축을 통하여 보여준다. 아직 '규격화된 환상과 이상의 망상'을 그들의 이상으로 삼고 있는 윈더미어 부인과 윈더미어 경이 살고 있는 영국 사회는 얼린 여사를 구속할 수밖에 없다. 와일드는 『윈더미어 부인의 부채』에서 얼린 여사를 통해 자신이 추구하는 개인주의 철학을 구현해낸다. 그러나 영국 상류 사회가 그러한 개인주의를 수용할 수 없다는 것을 잘 아는 와일드는 얼린 여사를 영국으로부터 떠나보낼 수밖에 없다. 와일드는 얼린 여사를 보헤미안으로 만듦으로써 자신의 입장을 분명히 한다.

윈더미어 부인의 부채

— 착한 여인에 대한 연극

The Persons of the Play

LORD WINDERMERE

LORD DARLINGTON

LORD AUGUSTUS LORTON

MR DUMBY

MR CECIL GRAHAM

MR HOPPER

PARKER, Butler

LADY WINDERMERE

THE DUCHESS OF BERWICK

LADY AGATHA CARLISLE

LADY PLYMDALE

LADY STUTFIELD

LADY JEDBURGH

MRS COWPER–COWPER

MRS ERLYNNE

ROSALIE, Maid

등장인물들

*Lady는 '부인'으로 Mrs.는 '여사'로 Lord는 '경'으로, Mr.는 '씨'로 옮김.

윈더미어 경

달링턴 경

오거스터스 로튼 경

담비 씨

세실 그레이엄 씨

호퍼 씨

파커, 집사

윈더미어 부인

버윅 공작부인

아가서 칼라일 부인

플림대일 부인

스튜트필드 부인

제드버러 부인

쿠퍼-쿠퍼 여사

얼린 여사

로잘리, 하녀

THE SCENES OF THE PLAY

ACT I

Morning-room in Lord Windermere's house

ACT II

Drawing-room in Lord Windermere's house

ACT III

Lord Darlington's room

ACT IV

Same as Act I

TIME

The Present

PLACE

London

The action of the play takes place within twenty-four hours,
beginning on a Tuesday afternoon at five o'clock,
and ending the next day at 1:30 p.m.

장면들

1막

윈더미어 경 집 조간용 거실

2막

윈더미어 경 집 응접실

3막

달링턴 경의 방들

4막

1막과 동일

때

현재

장소

런던

작품의 액션은 24시간 내에 이루어진다.
화요일 오후 5시에 시작해서 그 다음날 오후 1시 30분에 끝난다.

FIRST ACT

SCENE

Morning-room[1] *of Lord Windermere's house in Carlton House Terrace*[2].
{Doors C. and R. Bureau with books and papers R. Sofa with small tea-table L. Window opening on to terrace L. Table R.}

{LADY WINDERMERE is at table R., arranging roses in a blue bowl.}
{Enter PARKER.}

PARKER   Is your ladyship[3] at home this afternoon?

LADY WINDERMERE   Yes — who has called?

PARKER   Lord Darlington, my lady.

LADY WINDERMERE   *{Hesitates for a moment.}* Show him up — and I'm at home to any one who calls.

PARKER   Yes, my lady.

---

1) Morning-room: 낮 동안 사용되는 거실.
2) Carlton House Terrace: 영국 런던 성 제임스 지역에 거리를 가리킨다. 특히 성 제임스 공원을 내다보는 거리 남쪽 면에 하얀 벽돌로 표면을 치장한 집들의 두 거리를 가리킨다.
3) ladyship: 부인(lady) 호칭을 가진 여자. 요컨대, 마님.

1막

장면

영국 런던 성 제임스 구, 칼튼 하우스 테라스 거리에 위치한 윈더미어 경 집의 조간용 거실.

[중심과 오른쪽에 문들. 오른쪽에 책과 서류들이 있는 책상. 왼쪽에 작은 차 탁자와 소파. 왼쪽 테라스로 열려져 있는 창문. 오른쪽에 식탁]

[윈더미어 부인은 오른쪽 식탁에 앉아, 파란 수반에 장미를 꽂고 있다.]
[파커가 들어온다.]

파커 오늘 오후에 마님은 집에 계신 건가요?

윈더미어 부인 당연히. 누가 찾아 오셨어?

파커 달링턴 경이요, 마님.

윈더미어 부인 [잠시 망설인다.] 안내해 드려. 누가 찾아오든 나는 집에 있는 거다.

파커 네, 마님.

[*Exit C.*]

LADY WINDERMERE　It's best for me to see him before tonight. I'm glad he's come.

[*Enter* PARKER C.]

PARKER　Lord Darlington.

[*Enter* LORD DARLINGTON C.]
[*Exit* PARKER.]

LORD DARLINGTON　How do you do, Lady Windermere?

LADY WINDERMERE　How do you do, Lord Darlington? No, I can't shake hands with you. My hands are all wet with these roses. Aren't they lovely? They came up from Selby this morning.

LORD DARLINGTON　They are quite perfect. [*Sees a fan lying on the table.*] And what a wonderful fan! May I look at it?

LADY WINDERMERE　Do. Pretty, isn't it! It's got my name on it, and everything. I have only just seen it myself. It's my husband's birthday present to me. You know today is my birthday?

LORD DARLINGTON　No? Is it really?

[중앙으로 나간다.]

윈더미어 부인 오늘 밤이 오기 전에 그를 보는 게 최선이야. 아이
좋아라, 그가 오다니.

[파커가 중앙으로 들어온다.]

파커 달링턴 경이십니다.

[달링턴 경이 중앙으로 들어온다.]
[파커는 나간다.]

달링턴 경 부인, 안녕하세요?
윈더미어 부인 안녕하세요, 달링턴 경? 안돼요, 악수 할 수 없어요
장미들 때문에 손이 완전히 젖어 있거든요 예쁘지
않아요? 이 꽃들은 오늘 아침에 셀비에서 올라 온
거예요
달링턴 경 정말 예쁘네요 [식탁에 놓인 부채를 본다.] 정말 멋진
부채네! 한번 봐도 될까요?
윈더미어 부인 그럼요! 정말 예뻐! 부채에 내 이름이 있어요 방금
그것을 봤어요 남편이 준 생일 선물이에요 오늘이
내 생일인지 아셨어요?
달링턴 경 몰랐는데요? 정말이에요?

LADY WINDERMERE   Yes, I'm of age[4] today. Quite an important day in my life, isn't it? That is why I am giving this party tonight. Do sit down. [*Still arranging flowers.*]

LORD DARLINGTON   [*Sitting down.*] I wish I had known it was your birthday, Lady Windermere. I would have covered the whole street in front of your house with flowers for you to walk on. They are made for you.

[*A short pause.*]

LADY WINDERMERE   Lord Darlington, you annoyed me last night at the Foreign Office. I am afraid you are going to annoy me again.

LORD DARLINGTON   I, Lady Windermere?

[*Enter* PARKER *and* FOOTMAN *C., with tray and tea things.*]

LADY WINDERMERE   Put it there, Parker. That will do. [*Wipes her hands with her pocket-handkerchief, goes to tea-table, and sits down.*] Won't you come over, Lord Darlington?

[*Exit* PARKER *C.*]

---

4) be of age: 성인이 되다. 즉, 21살이 되다.

윈더미어 부인　네, 오늘 21살이 됐어요. 내 인생에서 꽤 중요한 날이잖아요? 그래서 오늘 밤 파티를 열거에요. 앉으세요. [계속 꽃을 꽂고 있다.]

달링턴 경　[앉는다.] 윈더미어 부인, 오늘이 당신 생일인줄 알았더라면, 당신이 밟고 다니는 집 앞 모든 길들을 온통 꽃들로 덮었을 거예요. 꽃들은 당신을 위해 존재하거든요

[짧은 사이.]

윈더미어 부인　달링턴 경, 어제 밤 외무부에서 당신 때문에 불쾌했었어요. 또 기분이 상할까봐 걱정이에요

달링턴 경　저 때문에요? 윈더미어 부인?

[파커와 시종이 쟁반에 차 거리를 가지고 들어온다.]

윈더미어 부인　파커, 거기다 놓게. 좋아. [손을 주머니용 손수건으로 닦고, 왼쪽 차 탁자로 가 앉는다.] 달링턴 경, 이리로 좀 오실래요?

[파커는 중앙으로 나간다.]

LORD DARLINGTON	[*Takes chair and goes across L.C.*] I am quite miserable, Lady Windermere. You must tell me what I did. [*Sits down at table L.*]
LADY WINDERMERE	Well, you kept paying me elaborate compliments[5] the whole evening.
LORD DARLINGTON	[*Smiling.*] Ah, nowadays we are all of us so hard up[6], that the only pleasant things to pay *are* compliments. They're the only things we *can* pay.
LADY WINDERMERE	[*Shaking her head.*] No, I am talking very seriously. You mustn't laugh, I am quite serious. I don't like compliments, and I don't see why a man should think he is pleasing a woman enormously when he says to her a whole heap of things that he doesn't mean.
LORD DARLINGTON	Ah, but I did mean them. [*Takes tea which she offers him.*]
LADY WINDERMERE	[*Gravely.*] I hope not. I should be sorry to have to quarrel with you, Lord Darlington. I like you very much, you know that. But I shouldn't like you at all if I thought you were what most other men are. Believe me, you are better than most other men, and I sometimes think you pretend to be worse.

---

5) pay one compliments: ~을 칭찬하다. ~에게 듣기 좋은 말을 하다.
6) hard up: 돈이 몹시 궁한, (성적으로) 굶주린.

달링턴 경 [의자를 들고 중앙 왼쪽으로 간다.] 부인, 나는 정말 비참
해요 내가 무슨 짓을 했는지 말해줘요 [식탁 왼쪽에
앉는다.]

윈더미어 부인 저녁 내내 계속 내 칭찬을 신경 써서 하셨잖아요

달링턴 경 [미소 짓는다.] 아, 요즘은, 누구나 궁핍해서, 즐겁게 보
답할 길은 칭찬뿐이 없거든요 칭찬으로만 보답할
수 있어요

윈더미어 부인 [머리를 흔든다.] 제발, 난 꽤 진지하게 이야기하고 있
는 거예요 웃지 마세요 정말 진지해요 난 칭찬을
좋아하지 않아요 남자들은 마음에도 없는 말을 한
보따리씩 여자들에게 쏟아 놓으면, 여자들의 기분이
좋아진다고 생각해요 정말 이해가 안가요

달링턴 경 어, 하지만 정말 진심으로 그 말들을 했는데요 [부인
이 대접한 차를 마신다.]

윈더미어 부인 [엄숙하게.] 제발. 달링턴 경, 당신과 다투게 되면 마음
이 안 좋을 거예요 내가 당신을 굉장히 좋아하는
거 당신도 알잖아요 보통 다른 남자들과 당신이 별
로 다를 바가 없다는 생각이 들면, 당신을 조금도
좋아하지 않게 될지도 몰라요 나를 믿어요, 당신은
대부분의 다른 남자들보다는 훨씬 착해요 때때로
당신이 나쁜 척하는 게 아닌가 하는 생각이 들어요

LORD DARLINGTON	We all have our little vanities, Lady Windermere.
LADY WINDERMERE	Why do you make that your special one? [*Still seated at table L.*]
LORD DARLINGTON	[*Still seated L.C.*] Oh, nowadays so many conceited people go about Society pretending to be good, that I think it shows rather a sweet and modest disposition to pretend to be bad. Besides, there is this to be said. If you pretend to be good, the world takes you very seriously. If you pretend to be bad, it doesn't. Such is the astounding stupidity of optimism.
LADY WINDERMERE	Don't you *want* the world to take you seriously then, Lord Darlington?
LORD DARLINGTON	No, not the world. Who are the people the world takes seriously? All the dull people one can think of, from the Bishops down to the bores. I should like *you* to take me very seriously, Lady Windermere, *you* more than any one else in life.
LADY WINDERMERE	Why — why me?
LORD DARLINGTON	[*After a slight hesitation.*] Because I think we might be great friends. Let us be great friends. You may want a friend some day.

달링턴 경   윈더미어 부인, 우리 모두 약간의 허영심을 가지고
            있어요.

윈더미어 부인   왜 당신은 그것을 특기로 삼죠?

            [아직 왼쪽 식탁에 앉아 있다.]

달링턴 경   [중앙 왼쪽에 계속 앉아 있다.] 아, 요즘에는 잘난 척하는
            사람들이 착한 척하면서 사교계를 주름잡기 때문에,
            나쁜 척하는 것이 오히려 상냥하고 겸손해 보이는
            경향이 있어요. 이 말은 해야겠어요. 당신이 착한 척
            하면, 세상 사람들은 당신을 정말 진지하게 대해요.
            그런데 당신이 나쁜 척 하면, 그렇지 않아요. 그게
            바로 낙관주의의 놀라운 어리석음이라 할 수 있죠.

윈더미어 부인   그러면, 달링턴 경, 세상 사람들이 당신을 진지하게
            대하기를 원하지 않으시는 거예요?

달링턴 경   네, 원하지 않아요. 세상 사람들이 진지하게 여기는
            사람들이 어떤 사람들이죠? 우리들이 생각할 수 있
            는 모든 멍청한 사람들이에요. 주교로부터 시작해서
            모든 따분한 사람들 까지. 그래도 당신은 나를 정말
            진지하게 대했으면 해요. 부인, 이 세상에서 누구보
            다도 당신만은.

윈더미어 부인   왜 . . . 왜 내가요?

달링턴 경   [약간 주저한 후에.] 우린 멋진 친구일 수 있다고 생각
            하기 때문이에요. 멋진 친구가 됩시다. 언젠가 당신
            도 친구를 원할 수도 있잖아요.

LADY WINDERMERE	Why do you say that?
LORD DARLINGTON	Oh! — we all want friends at times.
LADY WINDERMERE	I think we're very good friends already, Lord Darlington. We can always remain so as long as you don't —
LORD DARLINGTON	Don't what?
LADY WINDERMERE	Don't spoil it by saying extravagant silly things to me. You think I am a Puritan, I suppose? Well, I have something of the Puritan in me. I was brought up like that. I am glad of it. My mother died when I was a mere child. I lived always with Lady Julia, my father's elder sister, you know. She was stern to me, but she taught me what the world is forgetting, the difference that there is between what is right and what is wrong. *She* allowed of no compromise. *I* allow of none.
LORD DARLINGTON	My dear Lady Windermere!
LADY WINDERMERE	[*Leaning back on the sofa.*] You look on me as being behind the age[7]. — Well, I am! I should be sorry to be on the same level as an age like this.
LORD DARLINGTON	You think the age very bad?
LADY WINDERMERE	Yes. Nowadays people seem to look on life as a speculation. It is not a speculation. It is a sacrament. Its ideal is Love. Its purification is sacrifice.

---

7) look on somebody as behind the age: 누군가를 시대에 뒤떨어진 것으로 생각하다.
look on as: ~으로 간주하다, ~이라고 생각하다.

원더미어 부인   왜 그런 말을 하죠?

달링턴 경   아! 때때로 우리들은 모두 친구가 필요해요

원더미어 부인   이미 우린 정말 좋은 친구잖아요 달링턴 경. . . .
당신이 그러지만 않으면, 항상 좋은 친구가 될 수
있어요

달링턴 경   무슨 소리에요?

원더미어 부인   말도 안 되는 바보 같은 이야기를 해서 우리 관계를
망치지 마세요 당신은 내가 청교도라고 생각하지요?
그래요, 내 속에는 청교도적인 무언가가 있어요 그
런 식으로 자랐거든요 나는 그게 좋아요 내가 아직
어린아이였을 때 엄마가 돌아가셨어요 아버지의 누
님인, 줄리아 고모와 내내 함께 살았어요 고모는 내
게 엄격했지만, 세상 사람들이 잊고 사는 것, 옳고
그른 것의 차이를 가르쳐 주셨어요 고모에게는 타
협이란 없어요 나도 마찬가지에요

달링턴 경   부인!

원더미어 부인   [소파에 기댄다.] 나를 뒤떨어진 것으로 생각하네요 그
래요, 난 뒤떨어 졌어요! 이 시대와 보조를 맞춘다면
오히려 유감일 거예요

달링턴 경   우리가 사는 시대가 정말 나쁘다고 생각하세요?

원더미어 부인   네. 요즘 사람들은 인생을 카드놀이로 생각하는 것
같아요 인생은 카드놀이가 아니에요 신성한 의식이
에요 인생의 이상은 사랑이고, 인생을 정화시키는
것은 희생이에요

LORD DARLINGTON	[*Smiling.*] Oh, anything is better than being sacrificed!
LADY WINDERMERE	[*Leaning forward.*] Don't say that.
LORD DARLINGTON	I do say it. I feel it — I know it.

[*Enter* PARKER *C.*]

PARKER	The men want to know if they are to put the carpets on the terrace for tonight, my lady?
LADY WINDERMERE	You don't think it will rain, Lord Darlington, do you?
LORD DARLINGTON	I won't hear of its raining on your birthday!
LADY WINDERMERE	Tell them to do it at once, Parker.

[*Exit* PARKER *C.*]

LORD DARLINGTON	[*Still seated.*] Do you think then — of course I am only putting an imaginary instance — do you think that in the case of a young married couple, say about two years married, if the husband suddenly becomes the intimate friend of a woman of — well, more than doubtful character — is always calling upon her, lunching with her, and probably paying her bills — do you think that the wife should not console herself?

달링턴 경 [웃으면서] 오오, 어떤 것도 희생보다는 낫지!

윈더미어 부인 [앞으로 몸을 굽힌다.] 그런 말 하지 마세요.

달링턴 경 말할 거예요. 나는 그것을 잘 알 뿐만 아니라, 절실히 느껴요.

[파커가 가운데 문으로 들어온다.]

파커 마님, 오늘 밤 테라스에 카펫을 깔아야 할지를 하인들이 알고 싶어 하는데요?

윈더미어 부인 달링턴 경, 비가 오지는 않겠죠?

달링턴 경 당신 생일날 비가 오다니 말도 안돼요.

윈더미어 부인 즉시 깔라고 해, 파커.

[파커가 가운데 문으로 나간다.]

달링턴 경 [아직 앉아 있다.] 자 생각해 보세요 . . . 물론 상상이죠. 결혼한 지 이년 된 젊은 부부의 경우에요. 남편이 갑자기 . . . 수상하기 짝이 없는 . . . 어떤 여자와 친한 친구가 돼서, 그녀를 항상 방문하고, 점심을 같이 먹고, 음식 값을 내 준다면, 그의 부인은 스스로를 위안하는 방법을 찾아야 하지 않을까요?

LADY WINDERMERE	[*Frowning*] Console herself?
LORD DARLINGTON	Yes, I think she should — I think she has the right.
LADY WINDERMERE	Because the husband is vile — should the wife be vile also?
LORD DARLINGTON	Vileness is a terrible word, Lady Windermere.
LADY WINDERMERE	It is a terrible thing, Lord Darlington.
LORD DARLINGTON	Do you know I am afraid that good people do a great deal of harm in this world. Certainly the greatest harm they do is that they make badness of such extraordinary importance. It is absurd to divide people into good and bad. People are either charming or tedious. I take the side of the charming, and you, Lady Windermere, can't help belonging to them.
LADY WINDERMERE	Now, Lord Darlington. [*rising and crossing R., front of him.*] Don't stir, I am merely going to finish my flowers. [*Goes to table R.C.*]
LORD DARLINGTON	[*rising and moving chair.*] And I must say I think you are very hard on modern life, Lady Windermere. Of course there is much against it, I admit. Most women, for instance, nowadays, are rather mercenary.
LADY WINDERMERE	Don't talk about such people.

윈더미어 부인 [찡그리면서] 스스로를 위안하는 방법을 찾다니요?

달링턴 경 그래요. 찾아야 해요. 그 부인은 그럴 권리가 있어요.

윈더미어 부인 남편이 타락한다고 . . . 그 부인도 같이 타락해야 하나요?

달링턴 경 윈더미어 부인, 타락이라는 말은 끔찍해요.

윈더미어 부인 달링턴 경, 말도 안돼요.

달링턴 경 소위 착하다고 하는 사람들이 세상에 엄청난 해를 끼치지 않을까 걱정돼요. 그들이 끼친 가장 큰 해는 그들 덕택에 나쁜 것이 예외적으로 중요하게 취급된 다는 거예요. 사람들을 착한 사람, 나쁜 사람으로 나 누는 것은 말도 안돼요. 사람들은 매력적이지 않으 면 지루하거든요. 나는 매력적인 사람들 편이에요, 부인, 당신은 매력적인 사람들에 속할 수밖에 없어 요.

윈더미어 부인 자, 달링턴 경 [일어나서 오른 쪽에 있는 그 앞을 가로지른 다.] 그대로 계세요. 꽃꽂이를 마저 마무리하려는 것 뿐이에요. [오른 쪽 중앙에 있는 식탁으로 간다.]

달링턴 경 [일어서서 의자를 옮긴다.] 그런데, 부인, 당신은 현대식 생활 태도에 대해 정말 가혹하네요. 물론 마음에 맞 지 않는 점이 많다는 것을 나도 인정해요. 이를테면, 오늘날 대부분의 여자들이 돈을 밝히는 것 같은 거.

윈더미어 부인 그런 사람들에 대해 말하지 마세요.

LORD DARLINGTON	Well then, setting aside mercenary people, who, of course, are dreadful, do you think seriously that women who have committed what the world calls a fault should never be forgiven?
LADY WINDERMERE	[*Standing at table.*] I think they should never be forgiven.
LORD DARLINGTON	And men? Do you think that there should be the same laws for men as there are for women?
LADY WINDERMERE	Certainly!
LORD DARLINGTON	I think life too complex a thing to be settled by these hard and fast rules[8].
LADY WINDERMERE	If we had 'these hard and fast rules,' we should find life much more simple.
LORD DARLINGTON	You allow of no exceptions?
LADY WINDERMERE	None!
LORD DARLINGTON	Ah, what a fascinating Puritan you are, Lady Windermere!
LADY WINDERMERE	The adjective was unnecessary, Lord Darlington.
LORD DARLINGTON	I couldn't help it. I can resist everything except temptation.
LADY WINDERMERE	You have the modern affectation of weakness.
LORD DARLINGTON	[*Looking at her.*] It's only an affectation, Lady Windermere.

---

8) hard and fast rules: 엄격한 규칙들.

달링턴 경   네, 그러면 돈을 밝히는 정말 혐오감을 주는 사람들
              을 제쳐논다 치고, 소위 실수를 저질렀던 여자들도
              결코 용서를 받아서는 안 된다고 당신은 진심으로
              생각하는 건가요?

윈더미어 부인 [식탁에 앉아있다.] 결코 용서를 받으면 안 돼요

달링턴 경   그러면 남자들은요? 여성들과 똑같은 법칙이 남자들
              에게도 적용되는 건가요?

윈더미어 부인 물론이죠!

달링턴 경   그렇게 엄격한 규칙들로 결정되기에는 인생은 너무
              복잡해요.

윈더미어 부인 '그렇게 엄격한 규칙들이 있다면, 인생은 훨씬 단순
              해질 거예요

달링턴 경   어떤 예외도 인정하지 않나요?

윈더미어 부인 네!

달링턴 경   아, 윈더미어 부인, 당신은 정말 매혹적인 청교도에
              요!

윈더미어 부인 형용사는 빼세요, 달링턴 경.

달링턴 경   어쩔 수 없어요 유혹에 빠지는 것만 빼면 나는 무
              어든 이겨낼 수 있어요

윈더미어 부인 정말 현대적으로 약한 척 하시네.

달링턴 경   [그녀를 바라본다.] 그래요, 척 할 뿐이에요, 부인.

[*Enter* PARKER *C.*]

PARKER The Duchess of Berwick and Lady Agatha Carlisle.

[*Enter the* DUCHESS OF BERWICK *and* LADY AGATHA CARLISLE *C.*
Exit PARKER *C.*]

DUCHESS OF BERWICK [*coming down C., and shaking hands.*] Dear Margaret, I am so pleased to see you. You remember Agatha, don't you? [*Crossing L.C.*] How do you do, Lord Darlington? I won't let you know my daughter, you are far too wicked.

LORD DARLINGTON Don't say that, Duchess. As a wicked man I am a complete failure. Why, there are lots of people who say I have never really done anything wrong in the whole course of my life. Of course they only say it behind my back.

DUCHESS OF BERWICK Isn't he dreadful? Agatha, this is Lord Darlington. Mind you don't believe a word he says. [LORD DARLINGTON *crosses R.C.*] No, no tea, thank you, dear. [*Crosses and sits on sofa.*] We have just had tea at Lady Markby's. Such bad tea, too. It was quite undrinkable. I wasn't at all surprised. Her own son-in-law supplies it. Agatha is looking forward so much to your ball tonight, dear Margaret.

[파커가 중앙으로 들어온다.]

파커 버윅 공작부인과 아가서 칼라일 부인이 오셨습니다.

[버윅 공작부인과 아가서 칼라일 부인이 중앙으로 들어온다.]
[파커는 중앙으로 나간다.]

버윅 공작부인 [중앙으로 와서 악수한다.] 마가레트, 안녕하세요. 아가서를 기억하죠? [왼쪽 중앙으로 가서] 달링턴 경, 잘 지내시죠? 내 딸을 당신에게 소개하지 않을 거예요 당신은 너무 너무 사악하거든요

달링턴 경 공작부인, 그런 말 마세요 나는 사악한 남자로는 완전히 실패입니다. 지금까지 살아오면서 한 번도 사악한 짓을 한 적이 없다고 말하는 사람들을 정말 많이 만났거든요 물론 그들은 내 뒤에서 그런 말을 하죠

버윅 공작부인 몹시 불쾌하게 만드는 분이지 않니? 아가서야, 달링턴 경이란다. 이 분이 하는 말은 한마디도 믿지 마라. [중앙 오른쪽으로 달링턴 경이 온다.] 괜찮아요, 안마시겠어요, 고마워요 [소파에 가서 앉는다.] 마크비 부인 집에서 차를 막 마셨어요 그런데, 정말 맛없었어요 마실 수 없을 정도였어요 조금도 놀랄 일이 아니죠 그 부인의 사위가 차를 대거든요 마가레트, 아가서는 오늘밤 무도회를 굉장히 기대하고 있어요

LADY WINDERMERE	*[Seated L.C.]* Oh, you mustn't think it is going to be a ball, Duchess. It is only a dance in honour of my birthday. A small and early.
LORD DARLINGTON	*[Standing L.C.]* Very small, very early, and very select, Duchess.
DUCHESS OF BERWICK	*[On sofa L.]* Of course it's going to be select. But we know *That*, dear Margaret, about *Your* house. It is really one of the few houses in London where I can take Agatha, and where I feel perfectly secure about dear Berwick. I don't know what society is coming to[9]. The most dreadful people seem to go everywhere. They certainly come to my parties — the men get quite furious if one doesn't ask them. Really, some one should make a stand[10] against it.
LADY WINDERMERE	*I* will, Duchess. I will have no one in my house about whom there is any scandal.
LORD DARLINGTON	*[R.C.]* Oh, don't say that, Lady Windermere. I should never be admitted! *[Sitting.]*
DUCHESS OF BERWICK	Oh, men don't matter. With women it is different. We're good. Some of us are, at least.

---

9) I don't know what society is coming to: 어떤 사람들이 올 지 잘 모른다. 위 문장에서 'society'는 '사람들'이라 해석했음.
10) make a stand: 멈추다, 저항하다.

원더미어 부인   [왼쪽 중앙에 앉는다.] 공작부인, 그런데 무도회가 아닌데요. 내 생일을 위한 댄스파티일 뿐이에요. 소규모로, 이른 시간에 여는 파티에요.

달링턴 경   [왼쪽 중앙에 서있다.] 부인, 정말 소규모로, 정말 이른 시간에, 정말 까다롭게 손님들을 초대하는 파티!

버윅 공작부인   [왼쪽 소파에 앉아 있다.] 물론, 의도적으로 까다롭게 손님들을 초대하는 파티로 알고 있어요. 마가레트, 우린 당신 집이 그렇다는 것을 잘 알아요. 런던에서 아가서를 데려갈 수 있는, 손으로 꼽을 수 있는 몇 안 되는 집들 중 하나지요. 게다가 별 볼 일없는 남편 버윅을 전혀 신경을 쓰지 않아도 되는. 정말이에요. 보통, 파티에 어떤 사람들이 올지 알 수 없거든요. 정말 혐오감을 주는 사람들은 어디든지 있어요. 그런 사람들은 내가 여는 파티에 빠지지 않고 와요. . . . 그들을 초청하지 않으면 반드시 화를 내요. 확실하게, 누군가가 그것을 막아야 해요.

원더미어 부인   부인, 제가 막을 거예요. 우리 집에는 스캔들이 있는 어떤 누구도 얼씬 못해요.

달링턴 경   [오른쪽 중앙에 서 있다.] 제발, 그런 말 하지 말아요, 부인. 그럼 나는 절대로 받아들여질 수 없어요! [앉는다.]

버윅 공작부인   오, 남자들은 괜찮아요. 여자 경우는 사정이 달라요. 우리들은 착하거든요. 우리 중 최소한 몇 명은.

But we are positively getting elbowed into the corner[11]. Our husbands would really forget our existence if we didn't nag at them from time to time, just to remind them that we have a perfect legal right to do so.

LORD DARLINGTON   It's a curious thing, Duchess, about the game of marriage — a game, by the way, that is going out of fashion — the wives hold all the honours, and invariably lose the odd trick[12].

DUCHESS OF BERWICK   The odd trick? Is that the husband, Lord Darlington?

LORD DARLINGTON   It would be rather a good name for the modern husband.

DUCHESS OF BERWICK   Dear Lord Darlington, how thoroughly depraved you are!

LADY WINDERMERE   Lord Darlington is trivial.

LORD DARLINGTON   Ah, don't say that, Lady Windermere.

LADY WINDERMERE   Why do you *talk* so trivially about life, then?

LORD DARLINGTON   Because I think that life is far too important a thing ever to talk seriously about it. [*Moves up C.*]

DUCHESS OF BERWICK   What does he mean? Do, as a concession to my poor wits[13], Lord Darlington, just explain to me what you really mean.

---

11) get elbowed into the corner: 밀려서 구석으로 쫓겨나다.

12) the odd trick: 카드놀이 중 whist 놀이에서 서로 6회씩 이긴 다음 승부를 가리는 13번째 패. 이 표현은 '최후의 승부'라는 의미.

13) as a concession to my poor wits: 나의 재치가 형편없다는 것을 인정하니까.

그런데 오히려 우리들이 팔꿈치에 밀려 구석으로 쫓겨나게 돼요 남편들에게 잔소리해서 우리가 완벽한 법적 권리를 가지고 있다는 것을 상기시키지 않으면, 그들은 정말로 우리의 존재를 잊어버릴 거 에요

달링턴 경 공작부인, 결혼이란 게임은 신기해요 유행이 지난 게임이라 할 수 있죠. 부인들은 완벽하게 정조를 지킴에도 불구하고, 최후의 승부를 항상 차지하지 못해요

버웍 공작부인 최후의 승부라니요? 달링턴 경, 최후의 승부는 남편을 말하는 건가요?

달링턴 경 그 표현은 현대적 남편한테 딱 어울려요.

버웍 공작부인 달링턴 경, 철저하게 타락하셨군요!

윈더미어 부인 달링턴 경은 경박해요

달링턴 경 맙소사, 그런 식으로 말하지 말아요, 부인.

윈더미어 부인 그런데, 왜 당신은 인생에 대해 그렇게 경박하게 이야기하는 거죠?

달링턴 경 인생이란 진지하게 이야기하기에는 너무 중요하거든요. [중앙으로 간다.]

버웍 공작부인 그가 뭐라고 하는 거죠? 나의 재치가 형편없다는 것을 인정하니까, 어떤 의미로 말을 했는지 좀 설명해줘요

LORD DARLINGTON [*coming down back of table*] I think I had better not, Duchess. Nowadays to be intelligible is to be found out. Good-bye! [*Shakes hands with* DUCHESS.] And now — [*goes up stage*] — Lady Windermere, good-bye. I may come tonight, mayn't I? Do let me come.

LADY WINDERMERE [*standing up stage with* LORD DARLINGTON] Yes, certainly. But you are not to say foolish, insincere things to people.

LORD DARLINGTON [*Smiling*] Ah! you are beginning to reform me. It is a dangerous thing to reform any one, Lady Windermere. [*Bows, and exit C.*]

DUCHESS OF BERWICK [*Who has risen, goes C.*] What a charming, wicked creature! I like him so much. I'm quite delighted he's gone! How sweet you're looking! Where *Do* you get your gowns? And now I must tell you how sorry I am for you, dear Margaret. [*Crosses to sofa and sits with* LADY WINDERMERE.] Agatha, darling!

LADY AGATHA Yes, mamma. [*Rises.*]

DUCHESS OF BERWICK Will you go and look over the photograph album that I see there?

LADY AGATHA Yes, mamma. [*Goes to table up L.*]

DUCHESS OF BERWICK Dear girl! She is so fond of photographs of Switzerland. Such a pure taste, I think. But I really am so sorry for you, Margaret.

LADY WINDERMERE [*Smiling*] Why, Duchess?

달링턴 경   [식탁 뒤로 온다.] 글쎄요 부인, 요즘 말이 이해되면
         정체가 탄로 나는 건데요. 안녕히 계세요! [공작부인과
         악수를 한다.] 그러면 자 . . . [무대 뒤편으로 간다] . . .
         윈더미어 부인, 안녕히 계세요. 오늘 밤 와도 될까
         요? 제발 오라고 해주세요.

윈더미어 부인   [달링턴 경과 무대 뒤쪽에 서 있다.] 물론이죠. 하지만 사
         람들에게 멍청하고, 시시한 이야기를 하진 마세요.

달링턴 경   [웃는다.] 맙소사! 당신이 나를 교화시키려 하네. 부인,
         누군가를 교화시키는 것은 위험한 일이에요.

         [인사한다, 그리고 중앙으로 나간다.]

버윅 공작부인 [일어나 중앙으로 간다.] 정말 매력적이고 사악한 인간
         이야! 나는 그를 정말 좋아해. 그가 가서 정말 다행
         이에요. 당신 정말 예쁘군요! 드레스를 어디에서 사
         나요? 당신이 얼마나 딱한지 지금 말 좀 해야겠어요.
         [소파로 가서 윈더미어 부인과 앉는다.] 예쁜 아가서야!

아가서 부인   네, 엄마. [일어선다.]

버윅 공작부인 저기 가서 사진 앨범을 좀 보고 있으렴.

아가서 부인   네, 엄마. [왼쪽에 식탁으로 간다.]

버윅 공작부인 귀여워라! 내 딸은 스위스 풍경 사진을 정말 좋아해
         요. 취미가 그렇게 순수할 수 없어요. 그런데, 마가
         레트, 정말 당신 딱해요.

윈더미어 부인   [웃는다.] 왜요, 공작부인?

DUCHESS OF BERWICK	Oh, on account of that horrid woman. She dresses so well, too, which makes it much worse, sets such a dreadful example. Augustus — you know my disreputable brother — such a trial to us all — well, Augustus is completely infatuated about her. It is quite scandalous, for she is absolutely inadmissible into society. Many a woman has a past, but I am told that she has at least a dozen, and that they all fit.
LADY WINDERMERE	Whom are you talking about, Duchess?
DUCHESS OF BERWICK	About Mrs. Erlynne.
LADY WINDERMERE	Mrs. Erlynne? I never heard of her, Duchess. And what *has* she to do with me?
DUCHESS OF BERWICK	My poor child! Agatha, darling!
LADY AGATHA	Yes, mamma.
DUCHESS OF BERWICK	Will you go out on the terrace and look at the sunset?
LADY AGATHA	Yes, mamma. [*Exit through window, L.*]
DUCHESS OF BERWICK	Sweet girl! So devoted to sunsets! Shows such refinement of feeling, does it not? After all, there is nothing like Nature, is there?
LADY WINDERMERE	But what is it, Duchess? Why do you talk to me about this person?
DUCHESS OF BERWICK	Don't you really know? I assure you we're all so distressed about it.

버윅 공작부인	어, 저 정말 기분 나쁜 어떤 여자 때문에 그래요. 그 여자는 정말 옷을 잘 입어요. 그래서 더 최악이에요. 기분 나쁘지만 본보기가 되거든요. 우리 모두를 괴롭히는, 악명 높은 내 남동생 오거스터스, 당신도 알잖아요. 그런데, 오거스터스가 그 여자한테 푹 빠졌어요. 엄청난 스캔들이죠. 그녀를 사교계에서 절대로 받아들이면 안돼요. 많은 부인들이 과거를 가지고 있죠. 그런데 그녀는 정말 많은 과거를 가지고 있다는 소문이에요. 그 소문들이 모두 사실이래요.
윈더미어 부인	도대체 누구에 대해 이야기하는 거예요, 공작부인?
버윅 공작부인	얼린 여사.
윈더미어 부인	얼린 여사요? 그녀에 대해선 들어본 적이 없는데요, 부인. 나와 무슨 상관이죠?
버윅 공작부인	불쌍한 것! 사랑스런 아가서야!
아가서 부인	네, 엄마.
버윅 공작부인	테라스로 나가서 석양 좀 감상할래?
아가서 부인	네, 엄마. [왼쪽 유리문으로 나간다.]
버윅 공작부인	정말 착해! 어떻게 석양을 저렇게 열렬하게 좋아할 수 있지! 정말 고상한 감정을 가졌지 않아요? 정말, 자연만한 것은 없지 않나요?
윈더미어 부인	공작부인, 무슨 일이죠? 왜 나한테 그 여자에 대해 이야기하는 거죠?
버윅 공작부인	정말 몰라요? 우리 모두 그 일 때문에 정말 걱정하고 있는데.

Only last night at dear Lady Jansen's every one was saying how extraordinary it was that, of all men in London, Windermere should behave in such a way.

LADY WINDERMERE   My husband — what has *he* got to do with any woman of that kind?

DUCHESS OF BERWICK   Ah, what indeed, dear? That is the point. He goes to see her continually, and stops for hours at a time, and while he is there she is not at home to any one. Not that many ladies call on her, dear, but she has a great many disreputable men friends — my own brother particularly, as I told you — and that is what makes it so dreadful about Windermere. We looked upon *him* as being such a model husband, but I am afraid there is no doubt about it. My dear nieces — you know the Saville girls, don't you? — such nice domestic creatures — plain, dreadfully plain, but so good — well, they're always at the window doing fancy work[14], and making ugly things for the poor, which I think so useful of them in these dreadful socialistic days, and this terrible woman has taken a house in Curzon Street, right opposite them — such a respectable street, too! I don't know what we're coming to!

---

14) do fancy work: 자수를 놓다.

바로 어제 밤 팬션 부인 집에서 모인 여자들은 런던 남자들과 똑같이 윈더미어가 그런 식으로 행동하는 것은 정말 이해할 수 없데요.

윈더미어 부인 내 남편이? 그 사람이 그런 부류의 여자와 무슨 상관이 있죠?

버윅 공작부인 맙소사, 정말, 무슨 상관이냐고요? 바로 그게 문제인데. 당신 남편이 그 여자를 자주 보러 다녀요. 한 번 가면, 그 집에서 오랜 시간 머물러요. 당신 남편이 거기 머무르는 동안은, 어떤 누구에게나 그녀는 부재중이에요. 많은 부인들이 그녀를 방문해서 그런 게 아니라, 평판이 나쁜 남자 친구들을 많이 가지고 있어서 그래요. 내가 부인에게 말했잖아요, 내 동생도 그 중 하나라고. 윈더미어에 대해 몹시 불쾌한 것은 바로 그래서예요. 우리들은 당신 남편을 이상적인 남편이라 생각했죠. 그런데 정말 그럴까봐 걱정되긴 하지만. 부인, 내가 사랑하는 조카들인 새빌 아가씨들 알고 있잖아요? 집뿐이 모르는 단정한 아가씨들이죠. 볼품도 없고, 지독하게 못생겼어요. 그런데 정말 착해요. 저, 걔네들은 창가에 앉아 항상 자수를 놓고, 가난한 사람들을 위해 못생긴 물건들을 만들어요. 사회주의가 판을 치는 이 살벌한 시대에는 그런 물건들이 꽤 유용하데요. 이 혐오스러운 여자가 상당히 좋은 지역인 커즌 가에 집을 가지고 있어요. 그 여자 집은 바로 걔네들 집과 마주하고 있데요. 어떻게 생각해야 할 지 모르겠어요.

And they tell me that Windermere goes there four and five times a week — they see him. They can't help it — and although they never talk scandal, they — well, of course — they remark on it to every one. And the worst of it all is that I have been told that this woman has got a great deal of money out of somebody, for it seems that she came to London six months ago without anything at all to speak of, and now she has this charming house in Mayfair, drives her ponies in the Park every afternoon and all — well, all — since she has known poor dear Windermere.

LADY WINDERMERE   Oh, I can't believe it!

DUCHESS OF BERWICK   But it's quite true, my dear. The whole of London knows it. That is why I felt it was better to come and talk to you, and advise you to take Windermere away at once to Homburg or to Aix, where he'll have something to amuse him, and where you can watch him all day long. I assure you, my dear, that on several occasions after I was first married, I had to pretend to be very ill, and was obliged to drink the most unpleasant mineral waters, merely to get Berwick out of town. He was so extremely susceptible[15].

---

15) susceptible: 영향 받기 쉬운, 감염되기 쉬운.

개네들이 그러는데 윈더미어가 일주일에 네, 다섯 번 거기에 온데요. 그때마다 그를 본데요. 안 볼 수 없대요. 한 번도 개네들은 그것을 스캔들로 삼은 적은 없어요. 물론, 모든 사람에게 그 사실을 이야기하긴 하죠. 그 중 가장 최악은 이 여인이 누군가에게 상당한 돈을 받았다는 거예요. 말거리로 삼을 재산이라고는 손톱만치도 없는 상태로 6개월 전에 런던에 왔다고 하던데요. 그런데 지금은 매이페어에 이 훌륭한 집을 지니고, 매일 오후 공원에서 조랑말들을 몰고 다닌 데요. 불쌍한 사랑스러운 윈더미어를 안 이후에, 이 모든 일이, 이 모든 일이!

윈더미어 부인 맙소사, 믿을 수 없어요!

버윅 공작부인 그런데 정말 사실인걸요. 런던 전체가 알고 있어요. 그래서 당신에게 와서 말하는 거예요. 윈더미어를 즉시 홈부르그나 에익스로 데리고 가라고 충고를 하고 있는 거예요. 그 곳이라면, 당신 남편은 스스로 즐길 무엇인가를 찾을 것이고, 당신은 하루 종일 그를 감시할 수 있거든요. 처음 결혼하고 나서 나도 서너 번 매우 아픈 척을 해야만 했어요. 정말 마시기 싫은 생수를 마셔야만 했어요. 버윅을 단지 런던에서 끌고 나가기 위해서였죠. 남편은 꽤 남에 말에 쉽게 넘어가요.

Though I am bound to say he never gave away any large sums of money to anybody. He is far too high-principled[16] for that!

LADY WINDERMERE [*Interrupting*] Duchess, Duchess, it's impossible! [*Rising and crossing stage to C.*] We are only married two years. Our child is but six months old. [*Sits in chair R. of L. table.*]

DUCHESS OF BERWICK Ah, the dear pretty baby! How is the little darling? Is it a boy or a girl? I hope a girl — Ah, no, I remember it's a boy! I'm so sorry. Boys are so wicked. My boy is excessively immoral. You wouldn't believe at what hours he comes home. And he's only left Oxford a few months — I really don't know what they teach them there.

LADY WINDERMERE Are *all* men bad?

DUCHESS OF BERWICK Oh, all of them, my dear, all of them, without any exception. And they never grow any better. Men become old, but they never become good.

LADY WINDERMERE Windermere and I married for love.

DUCHESS OF BERWICK Yes, we begin like that. It was only Berwick's brutal and incessant threats of suicide that made me accept him at all, and before the year was out, he was running after all kinds of petticoats[17], every colour, every shape, every material.

---

16) high-principled: 고결한.

17) all kinds of petticoats: 온갖 부류의 계집애들.

그래도 한 번도 큰 액수의 돈을 누구에게 준적은 없어요. 그것만은 확실해요. 사실 그 점에 있어서는 지나치다 싶을 정도로 고결하거든요.

윈더미어 부인   [끼어든다.] 부인, 부인, 그건 말도 안돼요! [일어나서 무대 중앙으로 간다.] 우리는 결혼 한지 2년 밖에 안됐어요. 그리고 아이는 6개월 밖에 안됐고요. [왼쪽 식탁의 오른쪽 의자에 앉는다.]

버윅 공작부인   아, 그 귀엽고 사랑스러운 아기! 아기는 잘 있지요? 아들이에요? 딸이에요? 딸이었으면 해요. 아참, 내 정신, 아들이지! 정말 미안해요. 남자 애들은 상당히 사악해요. 내 아들은 지나치게 행실이 안 좋아요. 집에 들어오는 시간이 몇 시인지 당신은 상상도 못할 거예요. 내내 옥스퍼드에 머물러 있지요. 2-3개월 동안만 빼고. 도대체 선생들이 아이들에게 무엇을 가르치는지 정말 모르겠어요.

윈더미어 부인   모든 남자는 다 나쁜가요?

버윅 공작부인   물론, 부인, 전부 나빠요. 전부. 예외가 없어요. 절대 나아지지 않아요. 남자들은 나이가 먹어도, 절대 착해지지 않아요.

윈더미어 부인   윈더미어와 나는 사랑해서 결혼했어요.

버윅 공작부인   물론, 그렇게 시작하지요. 어쨌든 내가 버윅을 신랑으로 받아 들였던 것은 막무가내로 이성을 잃고 계속 자살하겠다고 협박을 했기 때문이었어요. 그런데 그 해가 끝나기도 전에, 온갖 부류의 계집애들을 쫓아 다녔어요.

In fact, before the honeymoon was over, I caught him winking at my maid, a most pretty, respectable girl. I dismissed her at once without a character[18]. — No, I remember I passed her on to my sister; poor dear Sir George is so short-sighted, I thought it wouldn't matter. But it did, though — it was most unfortunate. [*Rises.*] And now, my dear child, I must go, as we are dining out. And mind you don't take this little aberration of Windermere's too much to heart. Just take him abroad, and he'll come back to you all right.

LADY WINDERMERE Come back to me? [*C.*]

DUCHESS OF BERWICK [*L.C.*] Yes, dear, these wicked women get our husbands away from us, but they always come back, slightly damaged, of course. And don't make scenes[19], men hate them!

LADY WINDERMERE It is very kind of you, Duchess, to come and tell me all this. But I can't believe that my husband is untrue to me.

DUCHESS OF BERWICK Pretty child! I was like that once. Now I know that all men are monsters. [LADY WINDERMERE *rings bell.*] The only thing to do is to feed the wretches well. A good cook does wonders, and that I know you have. My dear Margaret, you are not going to cry?

---

18) a character: (전 고용주가 고용인에게 주는) 인물 증명서, 추천장.
19) make a scene: 한바탕 소란을 부리다, 야단법석 떨다.

사실, 신혼여행 중에도 정말 귀엽고, 품행이 단정한 처녀애인 내 하녀에게 윙크를 보냈어요. 그런 그를 현장에서 붙잡았지요! 추천장도 써주지 않은 채 즉각 그녀를 해고해 버렸어요. 아니지, 그녀를 내 동생에게 넘겼어요. 불쌍한 조지 경은 근시가 심해, 문제가 안 되리라 생각했거든요. 그런데 문제를 일으켰어요. 정말 운이 나빴죠. [일어선다.] 저, 부인, 이제 가야겠어요, 밖에서 식사를 할 예정이거든요. 윈더미어의 이 가벼운 탈선 때문에 너무 지나치게 마음 아파하지 말아요. 그저 그를 외국에 데려 가세요. 그러면 무사히 당신한테 돌아 올 거예요.

윈더미어 부인 나한테 돌아오다니요? [무대 중심.]

버윅 공작부인 [중앙 왼쪽.] 네, 이 나쁜 여자들이 우리에게서 남편들을 빼앗아 가요. 그래도 남편들은 항상 돌아오지요. 물론 약간 망가지기는 하지만. 소란은 피우지 마세요. 남자들이 제일 싫어해요!

윈더미어 부인 저한테 와서 이 모든 것을 알려주시니, 부인, 당신은 정말 친절하시네요. 아무리 그래도, 남편이 나한테 부정하다는 것은 믿을 수 없어요.

버윅 공작부인 불쌍한 것! 나도 한때는 그랬다오. 이제는 모든 남자들이 괴물이라는 것을 알아요. [윈더미어 부인은 벨을 울린다.] 우리가 할 수 있는 유일한 일은 망할 남편들을 잘 먹이는 거예요. 훌륭한 요리사는 기적을 일으키거든요. 당신에게는 훌륭한 요리사가 있잖아요. 마가레트, 울리는 것은 아니겠죠?

LADY WINDERMERE	You needn't be afraid, Duchess, I never cry.
DUCHESS OF BERWICK	That's quite right, dear. Crying is the refuge of plain women but the ruin of pretty ones. Agatha, darling!
LADY AGATHA	[*entering L.*] Yes, mamma. [*Stands back of table L.C.*]
DUCHESS OF BERWICK	Come and bid good-bye to Lady Windermere, and thank her for your charming visit. [*Coming down again.*] And by the way, I must thank you for sending a card to Mr. Hopper — he's that rich young Australian people are taking such notice of just at present. His father made a great fortune by selling some kind of food in circular tins — most palatable, I believe — I fancy it is the thing the servants always refuse to eat. But the son is quite interesting. I think he's attracted by dear Agatha's clever talk. Of course, we should be very sorry to lose her, but I think that a mother who doesn't part with a daughter every season has no real affection. We're coming tonight, dear. [PARKER *opens C. doors.*] And remember my advice, take the poor fellow out of town at once, it is the only thing to do. Good-bye, once more; come, Agatha.

[*Exeunt* DUCHESS *and* LADY AGATHA *C.*]

윈더미어 부인	부인, 걱정할 필요 없어요. 나는 절대 안 울어요.
버윅 공작부인	부인, 바로 그거에요. 못생긴 여자들은 우는 것으로 피난처를 마련할 수 있지만, 예쁜 여자에게는 파멸이에요. 얘, 아가서!
아가서 부인	[왼쪽으로 들어온다.] 네, 엄마. [식탁 왼쪽 중앙 뒤에 선다.]
버윅 공작부인	와서 윈더미어 부인에게 작별 인사드려라. 즐거운 방문이었다고 말씀드리렴. [다시 다가온다.] 여담이지만, 호퍼 씨한테 초청장을 보내 준 것 감사하지 않을 수 없어요. 바로 현재, 사람들이 주목하고 있는 오스트레일리아의 부자 청년이에요. 그의 아버지는 둥근 깡통에 정말 맛있는 음식을 넣어 팔아서 굉장한 돈을 벌었대요. 그런데 하인들조차 언제든지 먹기를 꺼려하는 그런 음식이 아닐까 생각돼요. 하지만 그 아들에게 상당히 흥미가 있어요. 사랑스러운 아가서의 재치 있는 말만 들으면, 거기에 마음을 다 빼앗겨요. 물론, 딸을 빼앗기면 정말 섭섭할 거예요. 그런데 계절마다, 딸과 이별하지 않는 엄마는 진정 사랑이 없는 거예요. 오늘 밤 올게요. [파커가 중앙에 문들을 연다.] 내 충고를 기억해요, 그 불쌍한 자를 런던에서 데리고 나가세요. 그것이 유일한 방법이에요. 한 번 더, 안녕. 가자, 아가서.

[공작부인과 부인 아가서는 중앙으로 나간다.]

LADY WINDERMERE	How horrible! I understand now what Lord Darlington meant by the imaginary instance of the couple not two years married. Oh! it can't be true — she spoke of enormous sums of money paid to this woman. I know where Arthur keeps his bank book — in one of the drawers of that desk. I might find out by that. I *will* find out. [*Opens drawers.*] No, it is some hideous mistake. [*Rises and goes C.*] Some silly scandal! He loves me! He loves me! But why should I not look? I am his wife, I have a right to look! [*Returns to bureau, takes out book and examines it page by page, smiles and gives a sigh of relief.*] I knew it! there is not a word of truth in this stupid story. [*Puts book back in drawer. As the does so, starts and takes out another book.*] A second book — private — locked! [*Tries to open it, but fails. Sees paper knife on bureau, and with it cuts cover from book. Begins to start at the first page.*] 'Mrs. Erlynne — £600 — Mrs. Erlynne — £700 — Mrs. Erlynne — £400.' Oh! it is true! It is true! How horrible! [*Throws book on floor.*]

[*Enter* LORD WINDERMERE *C.*]

LORD WINDERMERE	Well, dear, has the fan been sent home yet?

윈더미어 부인 정말 불쾌하네! 달링턴 경이 상상이라고 하면서, 결혼한 지 2년도 안된 부부의 예를 왜 들었는지 이제 알겠네. 아! 사실 일리 없어. 이 여자한테 엄청난 금액을 지불했다고 부인이 그랬어. 아서가 어디에 통장을 두는지 알고 있어. 책상 서랍 중 하나인데. 그걸로 밝혀 낼 수 있을 거야. 꼭 밝혀야지. [서랍을 연다.] 아니야, 무서운 오해일거야. [일어나서 중앙으로 간다.] 분별없는 스캔들을 일으키다니! 그이는 나를 사랑해! 나를 사랑해! 그렇다면 내가 봐서는 왜 안 돼지? 나는 그의 부인이야. 볼 권리가 있어! [책상으로 돌아와서, 통장을 꺼내 쪽마다 살펴본다. 웃으면서 안도의 한숨을 내쉰다.] 그럴 줄 알았어! 이 어리석은 이야기에는 한마디의 진실도 없어. [통장을 서랍에 다시 넣는다. 서랍에 넣다가, 놀란다. 다른 통장을 꺼낸다.] 두 번째 통장 . . . 비밀 통장이네 . . . 잠겨 있잖아! [그것을 열려고 하나 실패한다. 책상에서 종이 여는 칼을 보고, 그것으로 통장에서 겉표지를 잘라낸다. 첫 페이지부터 시작한다.] '얼린 여사 . . . 600파운드 . . . 얼린 여사 . . . 700파운드 . . . 얼린 여사 . . . 400파운드' 아! 사실이네! 사실이야! 정말 끔찍해. [통장을 바닥에 내던진다.]

[윈더미어 경이 중앙으로 들어온다.]

윈더미어 경 그런데, 여보, 부채가 아직 집에 배달되지 않았소?

	[*Going R.C. Sees book.*] Margaret, you have cut open my bank book. You have no right to do such a thing!
LADY WINDERMERE	You think it wrong that you are found out, don't you?
LORD WINDERMERE	I think it wrong that a wife should spy on her husband.
LADY WINDERMERE	I did not spy on you. I never knew of this woman's existence till half an hour ago. Some one who pitied me was kind enough to tell me what every one in London knows already — your daily visits to Curzon Street, your mad infatuation, the monstrous sums of money you squander on this infamous woman! [*Crossing L.*]
LORD WINDERMERE	Margaret! don't talk like that of Mrs. Erlynne, you don't know how unjust it is!
LADY WINDERMERE	[*turning to him.*] You are very jealous of[20] Mrs. Erlynne's honour. I wish you had been as jealous of mine.
LORD WINDERMERE	Your honour is untouched, Margaret. You don't think for a moment that — [*Puts book back into desk.*]
LADY WINDERMERE	I think that you spend your money strangely. That is all. Oh, don't imagine I mind about the money.

---

20) be jealous of: 몹시 마음을 쓰는.

[중앙 오른쪽으로 간다. 통장을 본다.] 마가레트, 당신이 내 통장을 칼로 열다니! 당신에게는 그럴 권리가 없소!

윈더미어 부인 들킬 일을 만든 당신이 잘못된 거 아니에요?

윈더미어 경 여편네가 남편을 염탐하는 게 잘못이지.

윈더미어 부인 당신을 염탐하지 않았어요. 30분전까지 그런 여자가 존재하는지도 몰랐어요. 나를 불쌍히 여기는 어떤 분이 친절하게도 나에게 알려줬어요, 런던에 모든 사람이 이미 알고 있는 당신에 대한 진실들을. 매일 같이 계속되는 커즌 가로의 방문, 미친 듯한 열정, 악명 높은 여자에게 마구 뿌리는 엄청난 돈에 대해서 말이에요 [왼쪽으로 가면서.]

윈더미어 경 마가레트! 그런 식으로 얼린 여사에 대해 말하지 말아요. 그게 얼마나 부당한지 당신은 몰라요.

윈더미어 부인 [그에게 돌아서면서.] 당신은 정말 얼린 여사의 명예에 대해 몹시 마음을 쓰는 군요. 내 명예에 대해서도 그만큼 마음을 써 줬으면 좋겠네요.

윈더미어 경 마가레트, 당신의 명예는 조금도 손상을 입지 않았소. 지금 무슨 일이 벌어지고 있는지 당신은 몰라요 . . . [통장을 책상에 넣는다.]

윈더미어 부인 당신이 돈을 그런 식으로 쓰는 것을 이해 할 수 없어요. 그것 뿐 이에요. 어, 내가 돈에 신경 쓴다고 생각하지 말아요. 내 입장을 밝힐게요.

As far as I am concerned, you may squander everything we have. But what I *do* mind is that you who have loved me, you who have taught me to love you, should pass from the love that is given to the love that is bought. Oh, it's horrible! [*Sits on sofa.*] And it is I who feel degraded! *You* don't feel anything. I feel stained, utterly stained. You can't realize how hideous the last six months seems to me now — every kiss you have given me is tainted in my memory.

LORD WINDERMERE [*crossing to her*] Don't say that, Margaret. I never loved any one in the whole world but you.

LADY WINDERMERE [*rises*] Who is this woman, then? Why do you take a house for her?

LORD WINDERMERE I did not take a house for her.

LADY WINDERMERE You gave her the money to do it, which is the same thing.

LORD WINDERMERE Margaret, as far as I have known Mrs. Erlynne —

LADY WINDERMERE Is there a Mr. Erlynne — or is he a myth[21]?

LORD WINDERMERE Her husband died many years ago. She is alone in the world.

LADY WINDERMERE No relations? [*A pause.*]

LORD WINDERMERE None.

LADY WINDERMERE Rather curious, isn't it? [*L.*]

---

21) a myth: 가공의 인물.

우리가 가진 모든 것을 당신이 탕진해도 그만이에
요. 내가 염려하는 것은 나를 사랑했던 당신, 나에게
당신을 사랑하도록 가르쳐준 당신이, 헌신적 사랑의
단계에서 금전적 사랑의 단계로 바뀌는 거 에요. 아,
정말 불쾌해요! [소파에 앉는다.] 내가 타락한 느낌이에
요. 당신은 아무 느낌도 없지요. 나만 더럽혀진 느낌
이에요, 완전히 더럽혀진 느낌. 지난 6개월의 삶이
얼마나 섬뜩한지 당신은 실감할 수 없을 거예요. 아
직 내 머리 속에 아직 남아 있는 당신의 모든 입맞
춤이 더럽게 느껴져요.

윈더미어 경 [그녀에게로 간다.] 제발, 마가레트. 온 세상에서 당신
외에 어떤 누구도 나는 사랑해 본 적이 없어요.

윈더미어 부인 [일어선다.] 그러면, 이 여자는 누구죠? 왜 그녀에게
집을 사줬어요?

윈더미어 경 그녀에게 집을 사주지 않았소.

윈더미어 부인 그렇게 하도록 돈을 줬잖아요, 그러니까 마찬가지죠.

윈더미어 경 마가레트, 내가 아는 얼린 여사는, 말하자면 . . .

윈더미어 부인 얼린 씨란 분이 있나요? 아니면 가공의 인물인가요?

윈더미어 경 그녀의 남편은 수년 전에 죽었소. 이 세상에 그녀는
혼자요.

윈더미어 부인 친척도 하나도 없어요? [사이.]

윈더미어 경 아무도.

윈더미어 부인 좀 이상하네, 그렇지 않아요? [왼쪽.]

LORD WINDERMERE [*L.C.*] Margaret, I was saying to you — and I beg you to listen to me — that as far as I have known Mrs. Erlynne, she has conducted herself well. If years ago —

LADY WINDERMERE Oh! [*Crossing R.C.*] I don't want details about her life!

LORD WINDERMERE [*C.*] I am not going to give you any details about her life. I tell you simply this — Mrs. Erlynne was once honoured, loved, respected. She was well born, she had position — she lost everything — threw it away, if you like. That makes it all the more bitter. Misfortunes one can endure — they come from outside, they are accidents. But to suffer for one's own faults — ah! — there is the sting of life. It was twenty years ago, too. She was little more than a girl then. She had been a wife for even less time than you have.

LADY WINDERMERE I am not interested in her — and — you should not mention this woman and me in the same breath[22]. It is an error of taste. [*Sitting R. at desk.*]

LORD WINDERMERE Margaret, you could save this woman. She wants to get back into society, and she wants you to help her. [*Crossing to her.*]

LADY WINDERMERE Me!

---

22) in the same breath: 동시에.

윈더미어 경   [중앙 왼쪽.] 마가레트, 당신에게 이야기 하고 있는 중
            이니까 . . . 제발 내 말 좀 들어요 . . . 내가 아는
            얼린 여사는 처신을 아주 잘하고 있어요 몇 년 전 .
            . .

윈더미어 부인 제발! [오른 쪽 중앙으로 간다.] 그녀의 인생 대해 자세
            하게 알고 싶지 않아요

윈더미어 경   [중앙.] 그녀의 인생 대해 자세한 이야기를 하려는 게
            아니오 이것만은 말할 수 있소 얼린 여사는 한때,
            명예도 있었고, 사랑도 받았고, 존경도 받았소 그녀
            는 좋은 가문에서 태어났고, 지위도 있었소 그런데
            모두 잃어 버렸소 당신이 '스스로 날려버린 거지'
            라고 말하고 싶으면, 그래도 좋소 그게 훨씬 더 신
            랄할 테니까. 외부 상황이 빚어낸 불행들은 견딜 수
            있소 그것들은 우연한 사건들이니까. 그러나 자신의
            잘못으로 겪는 고통, 아! 거기에 인생의 아픔이 있는
            거요. 20년 전이었어요 그때 그녀는 어린 처녀에 지
            나지 않았소 그런데 당신보다 더 짧게 결혼 생활을
            하고 끝냈소

윈더미어 부인 그녀에게 관심 없어요 이 여자와 나를 동시에 함께
            묶어 말하지 말아요 듣기 좋지 않군요 [책상 오른쪽
            에 앉아 있다.]

윈더미어 경   마가레트, 당신이 이 여자를 살릴 수 있어요 그녀는
            다시 사교계로 돌아오고 싶어 해요 그녀는 당신이
            자기를 도와 줬으면 해요. [그녀에게 가서.]

윈더미어 부인 내가요!

LORD WINDERMERE	Yes, you.
LADY WINDERMERE	How impertinent of her! [*A pause.*]
LORD WINDERMERE	Margaret, I came to ask you a great favour, and I still ask it of you, though you have discovered what I had intended you should never have known that I have given Mrs. Erlynne a large sum of money. I want you to send her an invitation for our party tonight. [*Standing L. of her.*]
LADY WINDERMERE	You are mad! [*Rises.*]
LORD WINDERMERE	I entreat you. People may chatter about her, do chatter about her, of course, but they don't know anything definite against her. She has been to several houses — not to houses where you would go, I admit, but still to houses where women who are in what is called Society nowadays do go. That does not content her. She wants you to receive her once.
LADY WINDERMERE	As a triumph for her, I suppose?
LORD WINDERMERE	No; but because she knows that you are a good woman — and that if she comes here once she will have a chance of a happier, a surer life than she has had. She will make no further effort to know you. Won't you help a woman who is trying to get back?

윈더미어 경　　　그래요, 당신이.

윈더미어 부인　정말 주제넘군요! [사이.]

윈더미어 경　　　마가레트, 당신에게 멋진 호의를 베풀어 달라고 청
　　　　　　　　　하려 했소. 당신이 절대 몰랐으면 했던 것이 내 의
　　　　　　　　　도였지만, 얼린 여사에게 큰돈을 내가 줬다는 사실
　　　　　　　　　을 들켜 버렸소. 그래도 부탁 할게요. 오늘밤 파티
　　　　　　　　　초대장을 그녀에게 보내줬으면 해요. [그녀의 왼쪽에
　　　　　　　　　서있다.]

윈더미어 부인　당신 미쳤군요! [일어선다.]

윈더미어 경　　　당신에게 간청하오. 사람들이 여사에 대해 시시한
　　　　　　　　　이야기를 할 수 있어요. 물론 여사에 대해 시시한
　　　　　　　　　이야기를 해요. 그런데 그들이 그녀를 욕할 결정적
　　　　　　　　　인 어떤 것을 아는 것은 아무 것도 없소. 여사는 몇
　　　　　　　　　몇 집에 초대 받은 적이 있소. 당신도 가본 적이 없
　　　　　　　　　는 집들이요. 그래도 소위 사교계에 속한 여자들이
　　　　　　　　　오늘날 가는 그러한 집들이에요. 그것으로 여사는
　　　　　　　　　만족하지 않아요. 당신이 여사를 한 번 초대해 주기
　　　　　　　　　를 원하오.

윈더미어 부인　승리의 기념으로요?

윈더미어 경　　　그렇지 않소. 당신이 착한 여자라는 것을 여사는 알
　　　　　　　　　아요. 그녀가 여기에 한번 오면, 그녀는 예전 보다
　　　　　　　　　더 행복하고, 더 확신에 찬 삶의 기회를 가질 거요.
　　　　　　　　　당신을 알기 위해 더 애쓸 필요도 없고 사교계로
　　　　　　　　　복귀하려는 여사를 도와줄 수 없을까?

LADY WINDERMERE	No! If a woman really repents, she never wishes to return to the society that has made or seen her ruin.
LORD WINDERMERE	I beg of you.
LADY WINDERMERE	[*crossing to door R.*] I am going to dress for dinner, and don't mention the subject again this evening. Arthur [*going to him C.*], you fancy because I have no father or mother that I am alone in the world, and that you can treat me as you choose. You are wrong, I have friends, many friends.
LORD WINDERMERE	[*L.C.*] Margaret, you are talking foolishly, recklessly. I won't argue with you, but I insist upon your asking Mrs. Erlynne tonight.
LADY WINDERMERE	[*R.C.*] I shall do nothing of the kind. [*Crossing L.C.*]
LORD WINDERMERE	You refuse? [*C.*]
LADY WINDERMERE	Absolutely!
LORD WINDERMERE	Ah, Margaret, do this for my sake; it is her last chance.
LADY WINDERMERE	What has that to do with me?
LORD WINDERMERE	How hard good women are!
LADY WINDERMERE	How weak bad men are!

원더미어 부인 안돼요! 여사가 정말로 후회한다면, 그녀를 파멸하게 만든, 아니, 그녀의 파멸을 주시해온 사교계에 결코 돌아오고 싶지 않을 거예요

원더미어 경 여보, 부탁해요.

원더미어 부인 [오른 쪽 문으로 가면서.] 오늘 저녁을 위해 옷을 갈아 입어야 해요 오늘 저녁 다시는 그 문제를 꺼내지 마세요 아서, [중앙에 있는 그에게로 간다.] 나에게 아버지나 어머니가 없다고, 이 세상에 나 혼자뿐이기 때문에, 나를 마음대로 취급할 수 있다고 당신은 생각해요 틀렸어요 나에겐 친구들이 있어요, 많은 친구들이.

원더미어 경 [중앙 왼쪽.] 마가레트, 무모할 정도로 어리석게 당신은 이야기하는구려. 당신하고 싸우지 않겠소, 하지만 오늘 저녁 당신이 얼린 여사를 초대할 때까지 계속 조를 거요.

원더미어 부인 [오른 쪽 중앙.] 그런 일은 절대 없을 거예요 [중앙 왼쪽으로 가서.]

원더미어 경 내 청을 거절하는 거요? [중앙.]

원더미어 부인 무조건!

원더미어 경 제발, 마가레트, 나 좀 봐 줘요 그녀에겐 마지막 기회요

원더미어 부인 나하고 무슨 상관이이에요?

원더미어 경 착한 여자들은 정말 구제불능이야!

원더미어 부인 사악한 남자들은 정말 의지박약이지!

LORD WINDERMERE	Margaret, none of us men may be good enough for the women we marry — that is quite true — but you don't imagine I would ever — oh, the suggestion is monstrous!
LADY WINDERMERE	Why should *you* be different from other men? I am told that there is hardly a husband in London who does not waste his life over *some* shameful passion.
LORD WINDERMERE	I am not one of them.
LADY WINDERMERE	I am not sure of that!
LORD WINDERMERE	You are sure in your heart. But don't make chasm after chasm between us. God knows the last few minutes have thrust us wide enough apart. Sit down and write the card.
LADY WINDERMERE	Nothing in the whole world would induce me.
LORD WINDERMERE	[*crossing to bureau*] Then I will! [*Rings electric bell, sits and writes card.*]
LADY WINDERMERE	You are going to invite this woman? [*Crossing to him.*]
LORD WINDERMERE	Yes.

[*Pause. Enter* PARKER.]

	Parker!
PARKER	Yes, my lord. [*Comes down L.C.*]
LORD WINDERMERE	Have this note sent to Mrs. Erlynne at No. 84A Curzon Street. [*Crossing to L.C. and giving note to* PARKER.] There is no answer!

원더미어 경　　우리 사악한 남자들은 누구나 자기 아내에게 충실하
　　　　　　　지 않을 수 있어요. 정말 그렇소. 그런데 당신은 내
　　　　　　　가 언젠가 그럴 거라고 상상도 해 본적이 없소. 오,
　　　　　　　그런 생각을 하다니 말도 안 돼!

원더미어 부인　왜 당신은 다른 남자들과 달라야 하지요? 음란한 정
　　　　　　　욕으로 인생을 소비하지 않는 남편은 런던에 한 사
　　　　　　　람도 없다고 사람들이 그러는데.

원더미어 경　　나는 그들 중 하나가 아니요.

원더미어 부인　어떻게 믿죠!

원더미어 경　　당신은 마음으로 확신하고 있소. 그러니까 우리들
　　　　　　　사이에 깊은 골을 만들지 말아요. 겨우 몇 분 지나
　　　　　　　는 동안 우리들 사이는 크게 벌어 졌소. 앉아서 초
　　　　　　　대장을 써요.

원더미어 부인　온 세상에 어떤 것도 나를 설득하지 못해요.

원더미어 경　　[책상으로 가서.] 그러면 내가 쓰지! [전자 벨을 울리고, 앉
　　　　　　　아서 초대장을 쓴다.]

원더미어 부인　그 여자를 초대하려고요? [그에게 가서.]

원더미어 경　　그래요.

　　　　　　　[사이, 파커가 들어온다.]

　　　　　　　파커!

　　　　파커　네, 주인님. [왼쪽 중앙으로 간다.]

원더미어 경　　이 쪽지를 커즌 가 84 A번지에 열린 여사에게 보내
　　　　　　　도록 해. [왼쪽 중앙으로 가서, 파커에게 쪽지를 준다.] 답
　　　　　　　장은 필요 없어!

LADY WINDERMERE	Arthur, if that woman comes here, I shall insult her.
LORD WINDERMERE	Margaret, don't say that.
LADY WINDERMERE	I mean it.
LORD WINDERMERE	Child, if you did such a thing, there's not a woman in London who wouldn't pity you.
LADY WINDERMERE	There is not a *good* woman in London who would not applaud me. We have been too lax. We must make an example. I propose to begin tonight. [*Picking up fan.*] Yes, you gave me this fan today; it was your birthday present. If that woman crosses my threshold, I shall strike her across the face with it.
LORD WINDERMERE	Margaret, you couldn't do such a thing.
LADY WINDERMERE	You don't know me! [*Moves R.*]

[*Enter* PARKER.]

Parker!

PARKER	Yes, my lady.
LADY WINDERMERE	I shall dine in my own room. I don't want dinner, in fact. See that everything is ready by half-past ten. And, Parker, be sure you pronounce the names of the guests very distinctly tonight.

[파커가 중앙으로 나간다.]

윈더미어 부인 아서, 그 여자가 이곳에 오면 망신 줄 거예요.

윈더미어 경 마가레트, 제발 그런 말 하지 말아요.

윈더미어 부인 그럴 거예요.

윈더미어 경 그런 짓을 하면, 당신을 불쌍하게 여기지 않을 여자
는 런던에 한명도 없을 거요.

윈더미어 부인 나에게 박수를 보내지 않을 착한 여자는 런던에 한
명도 없어요. 우리들은 지나치게 너그러워요. 본때를
보여줘야 해요. 오늘 밤에 보여 줄 거예요. [부채를 든
다.] 네, 당신이 오늘 이 부채를 나한테 줬어요. 당신
의 생일 선물이죠. 그 여자가 우리 집 문지방을 넘
어 들어오기만 하면, 부채로 뺨을 때리겠어요.

윈더미어 경 마가레트, 당신은 그런 일을 할 수 없소.

윈더미어 부인 당신은 나를 몰라요! [오른쪽으로 간다.]

[파커가 들어온다.]

파커!

파커 네, 주인님.

윈더미어 부인 내 방에서 저녁을 먹을 거야. 사실은 저녁을 먹고
싶지 않지만. 10시 30분까지 모든 것이 준비되도록
하게. 그리고 파커, 오늘 밤 손님들의 이름을 분명하
게 호명해.

Sometimes you speak so fast that I miss them. I am particularly anxious to hear the names quite clearly, so as to make no mistake. You understand, Parker?

PARKER Yes, my lady.

LADY WINDERMERE That will do!

[*Exit* PARKER *C.*]

[*Speaking to* LORD WINDERMERE] Arthur, if that woman comes here — I warn you —

LORD WINDERMERE Margaret, you'll ruin us!

LADY WINDERMERE Us! From this moment my life is separate from yours. But if you wish to avoid a public scandal, write at once to this woman, and tell her that I forbid her to come here!

LORD WINDERMERE I will not — I cannot — she must come!

LADY WINDERMERE Then I shall do exactly as I have said. [*Goes R.*] You leave me no choice. [*Exit R.*]

LORD WINDERMERE [*calling after her*] Margaret! Margaret! [*A pause.*] My God! What shall I do? I dare not tell her who this woman really is. The shame would kill her. [*Sinks down into a chair and buries his face in his hands.*]

ACT DROP

때때로 너무 빨리 말하면 이름들을 놓치기도 하니까. 실수 하지 않기 위해, 이름을 똑똑히 듣고 싶어. 알겠어, 파커?

파커 네, 마님.

윈더미어 부인 됐네!

[파커가 중앙으로 나간다.]

[윈더미어에게 말한다.] 아서, 당신에게 경고하겠어요 그 여자가 여기에 오면 . . .

윈더미어 경 마가레트, 우리를 망칠 작정이야!

윈더미어 부인 우리라고! 이 순간부터 내 인생과 당신 인생은 별개에요. 당신이 사람들 앞에서 망신을 당하지 않으려면, 즉각 그 여자에게 편지를 보내요. 내가 그녀가 여기에 오는 것을 허락하지 않는다고.

윈더미어 경 그렇게 못해. 그렇게 할 수 없소. 그녀는 꼭 와야만 하오!

윈더미어 부인 그렇다면 말한 대로 행동 할 수밖에 없겠네요. [오른쪽으로 간다.] 선택의 여지가 전혀 없어요. [오른쪽으로 나간다.]

윈더미어 경 [그녀를 부른다.] 마가레트! 마가레트! [사이.] 맙소사! 어떻게 하지? 그 여자가 누군지 정말로 감히 말 못하겠어. 수치심에 마가레트는 죽어 버릴지도 몰라. [의자에 푹 앉아 손에 얼굴을 묻는다.]

막이 내린다.

SECOND ACT

SCENE

Drawing-room in Lord Windermere's house.
[Door R.U. opening into ball-room, where band is playing. Door L. through which
guests are entering. Door L.U. opens on to illuminated terrace. Palms, flowers, and
brilliant lights. Room crowded with guests. Lady Windermere *is receiving them.]*

DUCHESS OF BERWICK   *[Up C.]* So strange Lord Windermere isn't here.
Mr. Hopper is very late, too. You have kept
those five dances for him, Agatha? *[Comes down.]*

LADY AGATHA   Yes, mamma.

DUCHESS OF BERWICK   *[sitting on sofa]* Just let me see your card. I'm so
glad Lady Windermere has revived cards[23]. —
They're a mother's only safeguard. You dear
simple little thing! *[Scratches out two names.]* No
nice girl should ever waltz with such particularly
younger sons! It looks so fast! The last two dances
you might pass on the terrace with Mr. Hopper.

---

23) card: invitation card; 초대장(초대받은 사람들의 명단이 포함되어 있는).

2막

장면

윈더미어 경 집에 거실.

[무대 뒤 오른 쪽 문은 무도회장 입구. 무도회장에서는 밴드를 연주하고 있다. 왼쪽 문으로 손님들이 들어오고 있다. 무대 뒤 왼쪽문은 조명으로 환한 테라스로 통한다. 종려나무들, 꽃들, 그리고 밝은 전등들. 손님으로 복잡한 방. 윈더미어 부인이 그들을 맞이하고 있다.]

버윅 공작부인	[중앙 뒤.] 윈더미어 경이 여기에 없다니 정말 이상하네. 호퍼 씨도 정말 늦고 아가서, 다섯 댄스곡을 호퍼 씨와 추려고 기다리고 있는 거지? [밑으로 온다.]
아가서 부인	네, 엄마.
버윅 공작부인	[소파에 앉는다.] 초대장 좀 보자. 윈더미어 부인이 초대장을 다시 부활시켜 정말 기뻐. 어머니들에겐 안전통행증과 같거든. 사랑스럽고 철없는 내 귀염둥이! [두 이름을 지워 버린다.] 착한 처녀애는 특히 애송이 남자 애들과 왈츠를 춰서는 안 된단다! 춤을 정말 빨리 추네! 마지막 두 곡은 호퍼 씨와 테라스로 나가서 춰도 괜찮다.

[Enter MR. DUMBY *and* LADY PLYMDALE *from the ball-room.]*

LADY AGATHA	Yes, mamma.
DUCHESS OF BERWICK	*[fanning herself]* The air is so pleasant there.
PARKER	Mrs. Cowper-Cowper. Lady Stutfield. Sir James Royston. Mr. Guy Berkeley.

[These people enter as announced.]

DUMBY	Good evening, Lady Stutfield. I suppose this will be the last ball of the season?
LADY STUTFIELD	I suppose so, Mr. Dumby. It's been a delightful season, hasn't it?
DUMBY	Quite delightful! Good evening, Duchess. I suppose this will be the last ball of the season?
DUCHESS OF BERWICK	I suppose so, Mr. Dumby. It has been a very dull season, hasn't it?
DUMBY	Dreadfully dull! Dreadfully dull!
MR. COWPER-COWPER	Good evening, Mr. Dumby. I suppose this will be the last ball of the season?
DUMBY	Oh, I think not. There'll probably be two more. *[Wanders back to* LADY PLYMDALE.*]*
PARKER	Mr. Rufford. Lady Jedburgh and Miss Graham. Mr. Hopper.

[These people enter as announced.]

[무도회 장에서 담비 씨와 플림대일 부인이 나온다.]

아가서 부인 네, 엄마.

버윅 공작부인 [부채질을 한다.] 테라스 공기는 정말 상쾌하거든.

파커 쿠퍼-쿠퍼여사. 스튜트필드 부인. 제임스 로이스톤 경. 기이 버클리 씨가 오셨습니다.

[호명된 사람들이 들어온다.]

담비 안녕하세요, 스튜트필드 부인. 오늘이 이번 시즌의 마지막 무도회인 것 같은데요?

스튜트필드 부인 담비 씨, 그럴 거예요. 즐거운 시즌이었어요, 그렇지 않았나요?

담비 정말 즐거웠어요! 안녕하세요, 공작부인. 오늘이 이번 시즌의 마지막 무도회인 것 같은 데요?

버윅 공작부인 그런 것 같습니다. 담비 씨. 이번 사교 시즌은 정말 지루했어요, 그렇지 않았나요?

담비 지독하게 지루했죠! 지독하게!

쿠퍼-쿠퍼 여사 담비 씨 안녕하세요. 오늘이 시즌의 마지막 무도회 이지요?

담비 글쎄, 그렇지 않을걸요. 아마도 두 번 더 남았을 거 예요. [플림대일 부인을 두리번거리며 찾는다.]

파커 루포드 씨, 제드버러 부인, 그래이엄 양. 호퍼 씨가 오셨습니다.

[호명된 사람들이 입장한다.]

HOPPER	How do you do, Lady Windermere? How do you do, Duchess? [*Bows to* LADY AGATHA.]
DUCHESS OF BERWICK	Dear Mr. Hopper, how nice of you to come so early. We all know how you are run after[24] in London.
HOPPER	Capital place, London! They are not nearly so exclusive in London as they are in Sydney.
DUCHESS OF BERWICK	Ah! we know your value, Mr. Hopper. We wish there were more like you. It would make life so much easier. Do you know, Mr. Hopper, dear Agatha and I are so much interested in Australia. It must be so pretty with all the dear little kangaroos flying about. Agatha has found it on the map. What a curious shape it is! Just like a large packing case. However, it is a very young country, isn't it?
HOPPER	Wasn't it made at the same time as the others, Duchess?
DUCHESS OF BERWICK	How clever you are, Mr. Hopper. You have a cleverness quite of your own[25]. Now I mustn't keep you.
HOPPER	But I should like to dance with Lady Agatha, Duchess.
DUCHESS OF BERWICK	Well, I *hope* she has a dance left. Have you a dance left, Agatha?

---

24) run after: 꽁무니를 쫓아다니다.
25) quite of one's own: 오로지 한사람에게 속한.

호퍼	윈더미어 부인, 안녕하세요? 공작부인 안녕하세요? [아가서 부인에게 인사 한다.]
버웍 공작부인	친애하는 호퍼 씨. 이렇게 빨리 오시다니 정말 멋지시네요. 우리 모두, 런던에서 사람들이 얼마나 당신의 꽁무니를 쫓아다니는지 알아요.
호퍼	수도인 런던에서! 런던은 시드니만큼 배타적이진 않아요.
버웍 공작부인	아! 호퍼 씨. 우리는 당신의 가치를 알거든요. 당신과 같은 사람이 더 많았으면 해요. 그러면 인생이 훨씬 수월해 질 거예요. 호퍼 씨, 사랑하는 아가서와 내가 오스트레일리아에 매우 흥미를 가지고 있다는 것을 아세요? 조그맣고 사랑스러운 캥거루들이 주변에 날라 다니니 그곳은 정말 예쁠 거예요. 아가서가 지도에서 그곳을 찾았어요. 지도 모양이 얼마나 호기심을 돋우든지! 커다란 운송용 상자 같아요. 그 나라는 정말 젊잖아요?
호퍼	다른 나라들과 같은 시기에 만들어지지 않았나요, 부인?
버웍 공작부인	호퍼 씨, 정말 똑똑하시네요. 똑똑 자체에요. 자 이제 당신을 놓아 줄게요.
호퍼	그런데, 저는 아가서 부인과 춤을 추고 싶어요, 부인.
버웍 공작부인	아, 아직 아가서가 출 춤이 남아 있으면 좋겠는데. 아직도 출 춤이 남아 있니?

LADY AGATHA   Yes, mamma.

DUCHESS OF BERWICK   The next one?

LADY AGATHA   Yes, mamma.

HOPPER   May I have the pleasure? [LADY AGATHA *bows*.]

DUCHESS OF BERWICK   Mind you take great care of my little chatterbox, Mr. Hopper.

[LADY AGATHA *and* MR. HOPPER *pass into ball-room.*]
[*Enter* LORD WINDERMERE L.]

LORD WINDERMERE   Margaret, I want to speak to you.

LADY WINDERMERE   In a moment. [*The music drops.*]

PARKER   Lord Augustus Lorton.

[*Enter* LORD AUGUSTUS.]

LORD AUGUSTUS   Good evening, Lady Windermere.

DUCHESS OF BERWICK   Sir James, will you take me into the ball-room? Augustus has been dining with us tonight. I really have had quite enough of dear Augustus for the moment[26].

[SIR JAMES ROYSTON *gives the* DUCHESS *his aim and escorts her into the ball-room.*]

───────────────

26) for the moment: 우선, 당장에는.

아가서 부인   네, 엄마.

버윅 공작부인   다음 곡을 추려고 하니?

아가서 부인   네, 엄마.

호퍼   주실까요? [아가서 부인이 머리를 숙인다.]

버윅 공작부인   호퍼 씨, 귀여운 수다쟁이를 잘 돌보아 주세요.

[아가서 부인과 호퍼 씨는 무도회장으로 간다.]

[윈더미어 경이 왼쪽으로 들어온다.]

윈더미어 경   마가레트, 당신하고 이야기하고 싶소.

윈더미어 부인   잠시 만요. [음악이 멈춘다.]

파커   오거스터스 로튼 경이 오셨습니다.

[오거스터스 경이 들어온다.]

오거스터스 경   안녕하십니까, 윈더미어 부인.

버윅 공작부인   제임스 경, 무도회장으로 나를 좀 안내해주실래요? 오늘 오거스터스와 저녁식사를 했어요. 그래서 당장 은 오거스터스에게 질려 있거든요.

[제임스 로이스튼 경이 공작부인에게 팔을 내민다. 그녀를 무도회장으로 에스코트한다.]

PARKER	Mr. and Mrs. Arthur Bowden. Lord and Lady Paisley. Lord Darlington.

[These people enter as announced.]

LORD AUGUSTUS	*[coming up to* LORD WINDERMERE] Want to speak to you particularly, dear boy. I'm worn to a shadow[27]. Know I don't look it. None of us men do look what we really are. Demmed good thing, too. What I want to know is this. Who is she? Where does she come from? Why hasn't she got any demmed relations? Demmed nuisance, relations! But they make one so demmed respectable.
LORD WINDERMERE	You are talking of Mrs. Erlynne, I suppose? I only met her six months ago. Till then, I never knew of her existence.
LORD AUGUSTUS	You have seen a good deal of her since then.
LORD WINDERMERE	*[coldly]* Yes, I have seen a good deal of her since then. I have just seen her.
LORD AUGUSTUS	Egad![28] the women are very down on her. I have been dining with Arabella this evening! By Jove! you should have heard what she said about Mrs. Erlynne.

---

27) be worn to a shadow: 몹시 수척하다.

28) Egad!: 정말, 저런, 젠장, 당치도 않다. (가벼운 저주, 놀람, 감탄 따위)

파커   아서 보우든씨 부부, 패즐리 경과 패즐리 부인, 달링
      턴 경이 오셨습니다.

[호명된 사람들이 들어온다.]

오거스터스 경   [윈더미어 경에게 다가 간다.] 여보게, 자네하고 특별히
      이야기하고 싶네. 내 꼴이 말이 아니지. 그런데 그렇
      게 보이진 않을 거야. 어느 누구도 자신의 진짜 모
      습을 보여주지는 않으니까. 제기랄, 좋은 일이야. 내
      가 알고 싶은 것은 바로 이거야. 그녀가 누구인가?
      어디 출신인가? 그 썩어빠질 친척은 왜 하나도 없는
      건가? 썩어 빠지게 귀찮게 구는 친척들 말일세! 그
      런데 그들은 때때로 누군가를 썩어빠지게 품위 있게
      만들어 주기도 해.
윈더미어 경   얼린 여사에 관해 이야기하는 건가? 나도 6개월 전
      에 그녀를 만난게 다네. 그 때까진, 그녀 존재조차
      몰랐다네.
오거스터스 경   그 후로 그녀를 셀 수 없을 정도로 만나고 있잖아.
윈더미어 경   [차갑게.] 맞네, 그 후로 그녀를 셀 수 없을 정도로 만
      나고 있지. 조금 전에도 그녀를 만났어.
오거스터스 경   정말! 부인네들이 여사에 대해 매우 나쁜 감정을 품
      고 있어. 오늘 저녁 아라벨라와 저녁을 먹었지! 맙소
      사! 당신은 아라벨라가 얼린 여사에 대해 뭐라고 말
      하는지 들었어야 하는데.

She didn't leave a rag on her. . . . [*Aside*.] Berwick and I told her that didn't matter much, as the lady in question must have an extremely fine figure. You should have seen Arabella's expression! . . . But, look here, dear boy. I don't know what to do about Mrs. Erlynne. Egad! I might be married to her; she treats me with such demmed indifference. She's deuced[29] clever, too! She explains everything. Egad! she explains you. She has got any amount of[30] explanations for you — and all of them different.

LORD WINDERMERE   No explanations are necessary about my friendship with Mrs. Erlynne.

LORD AUGUSTUS   Hem! Well, look here, dear old fellow. Do you think she will ever get into this demmed thing called Society? Would you introduce her to your wife? No use beating about the confounded bush[31]. Would you do that?

LORD WINDERMERE   Mrs. Erlynne is coming here tonight.

LORD AUGUSTUS   Your wife has sent her a card?

LORD WINDERMERE   Mrs. Erlynne has received a card.

LORD AUGUSTUS   Then she's all right, dear boy.

---

29) deuced: 굉장히, 엉터리없이.

30) any amount of: 수도 없이 많은, 무한한.

31) beat about the confounded bush: 터무니없이 둘러대다.
    confounded: 터무니없이, 말도 안 되는.

천조각하나 걸치지 않았었데. . . . [방백.] 버윅과 나는 문제의 여사가 상당히 보기 좋은 몸매를 틀림없이 가졌을 테니까, 그게 문제가 되지 않는다고 받아쳤지. 아라벨라의 표정을 자네가 봤어야 하는데! . . . 그런데, 자네, 좀 들어봐. 얼린 여사에 대해 어떻게 해야 할지 모르겠어. 젠장! 그녀와 결혼해야 할지도 몰라. 그런데 그녀는 나를 완전히 무관심으로 대해. 게다가, 그녀는 굉장히 똑똑해! 뭐든지 다 변명하지. 이런! 심지어는 당신까지 변명 해주지. 당신을 위한 변명거리를 그녀는 수도 없이 많이 가지고 있어. 그런데 전부가 다 다르지.

윈더미어 경 나와 얼린 여사의 우정은 어떤 변명도 필요 없어.

오거스터스 경 어허! 저런, 자네, 좀 들어보게나. 여사가 소위 말하는 그 썩어 빠진 사교계에 발을 들여놓을 수 있다고 생각하나? 당신은 여사를 당신 부인에게 소개하려하나? 둘러대야 소용없네. 그렇게 할 건가?

윈더미어 경 얼린 여사는 오늘밤 여기에 올 걸세.

오거스터스 경 당신 부인이 그녀에게 초대장을 보냈나?

윈더미어 경 어쨌든 얼린 여사는 초대장을 받았다네.

오거스터스 경 그러면, 친구, 여사는 문제없는 거잖아.

But why didn't you tell me that before? It would have saved me a heap of worry and demmed misunderstandings!

[LADY AGATHA *and* MR. HOPPER *cross and exit on terrace L.U.E.*]

PARKER Mr. Cecil Graham!

[*Enter* MR. CECIL GRAHAM.]

CECIL GRAHAM [*bows to* LADY WINDERMERE, *passes over and shakes hands with* LORD WINDERMERE] Good evening, Arthur. Why don't you ask me how I am? I like people to ask me how I am. It shows a widespread interest in my health. Now, tonight I am not at all well. Been dining with my people. Wonder why it is one's people are always so tedious? My father would talk morality after dinner. I told him he was old enough to know better. But my experience is that as soon as people are old enough to know better, they don't know anything at all. Hallo, Tuppy! Hear you're going to be married again; thought you were tired of that game.

LORD AUGUSTUS You're excessively trivial, my dear boy, excessively trivial!

그런데 왜 전에 나한테 그것을 말하지 않았나? 그랬으면 걱정을 산더미 같이 하지도, 지독한 오해도 하지 않았을 것 아닌가!

[아가서 부인과 호퍼 씨가 가로 질러 테라스로 나간다.]

파커   세실 그레이엄 씨가 오셨습니다!

[세실 그레이엄 씨가 들어온다.]

세실 그레이엄   [윈더미어 부인에게 머리를 숙이고, 윈더미어 경과 악수를 한다.] 안녕하세요, 아서. 왜 나한테 안부를 묻지 않나? 난 사람들이 나한테 안부를 묻는 것을 좋아한다네. 내 건강에 대해 폭넓은 관심을 보여 주는 거잖아. 오늘 밤 현재, 아무리 생각해도 난 건강이 별로 좋지 않아. 식구하고 저녁을 했거든. 왜 식구들은 항상 그렇게 재미없는 거지? 아버님께서는 저녁 식사 후에 품행에 대해 말씀하시곤 한다네. 아버님은 나이를 충분히 잡수셨으니까 더 잘 아시는 것이 당연하다고 말씀드렸지. 그런데 경험으로 보면, 충분히 나이 들어 더 잘 알게 되자마자, 곧 전혀 아무 것도 모르게 된다네. 안녕, 터피! 당신은 재혼을 할 예정이라면서. 결혼 게임에 지쳤다고 생각했는데.

오거스터스 경   친구, 자네는 지나치게 경박해. 정말 경박해!

CECIL GRAHAM	By the way, Tuppy, which is it? Have you been twice married and once divorced, or twice divorced and once married? I say you've been twice divorced and once married. It seems so much more probable.
LORD AUGUSTUS	I have a very bad memory. I really don't remember which. [*Moves away R.*]
LADY PLYMDALE	Lord Windermere, I've something most particular to ask you.
LORD WINDERMERE	I am afraid — if you will excuse me — I must join my wife.
LADY PLYMDALE	Oh, you mustn't dream of such a thing. It's most dangerous nowadays for a husband to pay any attention to his wife in public. It always makes people think that he beats her when they're alone. The world has grown so suspicious of anything that looks like a happy married life. But I'll tell you what it is at supper. [*Moves towards door of ball-room.*]
LORD WINDERMERE	[*C.*] Margaret! I *must* speak to you.
LADY WINDERMERE	Will you hold my fan for me, Lord Darlington? Thanks. [*Comes down to him.*]
LORD WINDERMERE	[*crossing to her*] Margaret, what you said before dinner was, of course, impossible?
LADY WINDERMERE	That woman is not coming here tonight!

세실 그레이엄	그런데, 터피, 어떤 쪽인가? 두 번 결혼하고 한 번 이혼했나 아니면, 두 번 이혼하고 한 번 결혼했나? 내가 알기로는 당신은 두 번 이혼하고 한 번 결혼했어. 그게 훨씬 그럴 듯하게 들려.
오거스터스 경	난 기억력이 정말 나빠. 어떤 쪽인지 정말 기억 못하겠어. [오른쪽으로 간다.]
플림대일 부인	윈더미어 경, 당신에게 질문이 있어요.
윈더미어 경	죄송하지만, 내 아내를 만나야 해요.
플림대일 부인	제발, 그런 일은 꿈도 꾸시면 안돼요. 남편이 사람들 앞에서 자신의 부인에게 관심을 갖는 것은 정말 위험해요. 부부 둘만 있을 때 남편이 아내를 때린다는 생각을 떠올리게 하거든요. 세상 사람들은 행복한 결혼 생활처럼 보이는 것이란 무엇이든 수상스럽게 여겨요. 어쨌든 식사 때에 다시 말하기로 하지요.

[무도회장 문으로 향한다.]

윈더미어 경	[중앙.] 마가레트! 당신한테 말할게 있소.
윈더미어 부인	달링턴 경, 잠시 내 부채를 좀 들고 계실래요? 감사합니다. [그에게로 간다.]
윈더미어 경	[그녀에게로 다가간다.] 마가레트, 식사 전에 당신이 말했던 것을 실천에 옮기지는 않겠지?
윈더미어 부인	그 여자는 오늘 밤 여기에 오지 않을 거예요.

LORD WINDERMERE [*R.C.*] Mrs. Erlynne is coming here, and if you in any way annoy or wound her, you will bring shame and sorrow on us both. Remember that! Ah, Margaret! only trust me! A wife should trust her husband!

LADY WINDERMERE [*C.*] London is full of women who trust their husbands. One can always recognize them. They look so thoroughly unhappy. I am not going to be one of them. [*Moves up.*] Lord Darlington, will you give me back my fan, please? Thanks. . . . A useful thing a fan, isn't it? . . . I want a friend tonight, Lord Darlington: I didn't know I would want one so soon.

LORD DARLINGTON Lady Windermere! I knew the time would come some day; but why tonight?

LORD WINDERMERE I *will* tell her. I must. It would be terrible if there were any scene. Margaret . . .

PARKER Mrs. Erlynne!

[LORD WINDERMERE *starts.* MRS. ERLYNNE *enters, very beautifully dressed and very dignified.* LADY WINDERMERE *clutches at her fan, then lets it drop on the door. She bows coldly to* MRS. ERLYNNE, *who bows to her sweetly in turn, and sails into the room.*]

LORD DARLINGTON You have dropped your fan, Lady Windermere.

윈더미어 경 [오른 쪽 중심.] 여사가 여기에 올 거요. 어쨌든 당신이 여사를 짜증나게 한다거나 상처를 입힌다면, 우리 둘 모두를 치욕스럽게 할 뿐만 아니라 슬프게 할 거요. 그것을 기억해요! 정말, 마가레트! 나만 믿어요! 아내는 자신의 남편을 믿어야 해요!

윈더미어 부인 [중앙.] 런던에는 자신들의 남편들을 믿는 아내들로 득실거려요. 그런 아내들은 항상 알아 볼 수 있어요. 왜냐하면 속속들이 불행해 보이거든요. 나는 그들 중에 하나가 되진 않을 거예요. [무대 뒤로 간다.] 달링턴 경, 내 부채를 돌려주실래요? 감사합니다 . . . 부채는 정말 유용해요, 그렇지 않아요? . . . 오늘 밤 친구가 필요해요, 달링턴 경, 이렇게 친구가 당장 필요할지 몰랐어요.

달링턴 경 윈더미어 부인! 언젠가 때가 올 줄 알았어요. 그런데 왜 오늘밤이죠?

윈더미어 경 말해야지. 말해야만 해. 그녀가 추태를 조금이라도 부린 다면, 그것은 끔찍할 거야. 마가레트 . . .

파커 얼린 여사가 오셨습니다!

[윈더미어 경이 놀란다. 얼린 여사가 들어온다. 매우 아름답게 옷을 입었으며, 기품이 있다. 윈더미어 부인은 자신의 부채를 쥐고 있다가 그것을 마루에 떨어뜨린다. 그녀는 차갑게 얼린 여사에게 인사한다. 이번에는 얼린 여사가 상냥하게 인사를 한다. 그리고 방으로 점잖 빼며 들어간다.]

달링턴 경 윈더미어 부인, 부채를 떨어뜨렸어요.

[Picks it up and hands it to her.]

MRS. ERLYNNE   *[C.]* How do you do, again, Lord Windermere? How charming your sweet wife looks! Quite a picture!

LORD WINDERMERE   *[in a low voice]* It was terribly rash of you to come!

MRS. ERLYNNE   *[smiling]* The wisest thing I ever did in my life. And, by the way, you must pay me a good deal of attention this evening. I am afraid of the women. You must introduce me to some of them. The men I can always manage. How do you do, Lord Augustus? You have quite neglected me lately. I have not seen you since yesterday. I am afraid you're faithless. Every one told me so.

LORD AUGUSTUS   *[R.]* Now really, Mrs. Erlynne, allow me to explain.

MRS. ERLYNNE   *[R.C.]* No, dear Lord Augustus, you can't explain anything. It is your chief charm.

LORD AUGUSTUS   Ah! if you find charms in me, Mrs. Erlynne —

[They converse together. LORD WINDERMERE moves uneasily about the room watching MRS. ERLYNNE.]

LORD DARLINGTON   *[to LADY WINDERMERE]* How pale you are!

[그것을 집어 윈더미어 부인에게 건네준다.]

얼린 여사   [무대 중앙.] 윈더미어 경, 또 만나네, 안녕하세요? 당
신의 귀여운 부인은 정말 매력적이네요! 정말 그림
같아요!

윈더미어 경   [낮은 목소리로.] 이렇게 오시다니 정말 경솔하군요!

얼린 여사   [웃으면서.] 일생 내가 한 일 중에서 가장 현명한 일
을 한 건데요. 어쨌든, 나한테 오늘 저녁 상당히 신
경을 쓰셔야 해요. 부인네들이 두렵거든요. 그리고
나를 몇몇 사람에게 소개해야만 해요. 언제든지 난
남자들은 상대할 수 있어요. 오거스터스 경, 안녕하
세요? 요즘 나에게 지나치다 싶을 정도로 무심하네
요. 어제 이후 당신을 본 적이 없어요. 당신이 불충
실하지나 않나 걱정돼요. 모두들 나한테 그렇게 말
했어요.

오거스터스 경   얼린 여사, 이제 정말 나에게 변명할 기회를 주세요.

얼린 여사   [오른 쪽 중앙.] 오거스터스 경, 안돼요. 당신은 어떤
것도 변명할 줄 몰라요. 그게 당신의 최고의 매력이
에요.

오거스터스 경   맙소사! 얼린 여사, 당신이 나한테 매력을 발견하다
니 . . .

[그들은 함께 대화를 나눈다. 윈더미어 경은 얼린 여사를 주시하면서 방을 불안하게
서성거린다.]

달링턴 경   [윈더미어 부인에게.] 당신 왜 이렇게 창백하지!

LADY WINDERMERE	Cowards are always pale!
LORD DARLINGTON	You look faint. Come out on the terrace.
LADY WINDERMERE	Yes. [*To* PARKER.] Parker, send my cloak out.
MRS. ERLYNNE	[*crossing to her*] Lady Windermere, how beautifully your terrace is illuminated. Reminds me of Prince Doria's at Rome.

[LADY WINDERMERE *bows coldly, and goes off with* LORD DARLINGTON.]

	Oh, how do you do, Mr. Graham? Isn't that your aunt, Lady Jedburgh? I should so much like to know her.
CECIL GRAHAM	[*after a moment's hesitation and embarrassment*] Oh, certainly, if you wish it. Aunt Caroline, allow me to introduce Mrs. Erlynne.
MRS. ERLYNNE	So pleased to meet you, Lady Jedburgh. [*Sits beside her on the sofa.*] Your nephew and I are great friends. I am so much interested in his political career. I think he's sure to be a wonderful success. He thinks like a Tory, and talks like a Radical, and that's so important nowadays. He's such a brilliant talker, too. But we all know from whom he inherits that. Lord Allandale was saying to me only yesterday, in the Park, that Mr. Graham talks almost as well as his aunt.

윈더미어 부인	비겁쟁이니까 그렇죠!
달링턴 경	당신 곧 쓰러질 것 같아. 테라스로 나갑시다.
윈더미어 부인	네, [파커에게.] 파커, 내 망토를 좀 갖다 줘.
얼린 여사	[그녀에게 간다.] 윈더미어 부인. 당신의 테라스의 조명이 정말 멋지네요! 로마에 있는 도리아 군주의 테라스가 생각나요

[윈더미어 부인은 차갑게 인사하고, 달링턴 경과 함께 가버린다.]

	아, 그레이엄 씨, 안녕하세요? 제드버러 여사가 당신 아줌마이신가요? 당신 아줌마를 정말 소개받고 싶어요.
세실 그레이엄	[잠시 주저하면서 당황해한다.] 오, 당연히 소개해 드려야죠, 여사께서 원하신다면. 캐롤라인 아줌마, 얼린 여사를 소개해 드릴게요
얼린 여사	제드버러 부인, 만나 뵙게 되어 정말 기쁩니다. [그녀 옆, 소파에 앉는다.] 당신의 조카와 저는 친한 친구랍니다. 저는 당신 조카의 정치경력에 관심이 많아요 분명히 그분은 멋지게 성공할거예요 그는 토리 당원처럼 생각하면서, 휘그 당원처럼 말하거든요 요즘에는 그렇게 하는 것이 꼭 필요해요 그분은 말을 정말 멋지게 하지요 우리들 모두 그의 그런 재능이 어디서 오는지 알고 있어요 앨랜대일 경이 그레이엄 씨가 자기 아줌마 못지않게 말 잘 한다고 바로 어제 파크에서 말했답니다.

LADY JEDBURGH	[*R.*] Most kind of you to say these charming things to me! [MRS. ERLYNNE *smiles, and continues conversation.*]
DUMBY	[*to* CECIL GRAHAM] Did you introduce Mrs. Erlynne to Lady Jedburgh?
CECIL GRAHAM	Had to, my dear fellow. Couldn't help it! That woman can make one do anything she wants. How, I don't know.
DUMBY	Hope to goodness[32] she won't speak to me! [*Saunters towards* LADY PLYMDALE.]
MRS. ERLYNNE	[*C. To* LADY JEDBURGH] On Thursday? With great pleasure. [*Rises, and speaks to* LORD WINDERMERE, *laughing.*] What a bore it is to have to be civil to these old dowagers! But they always insist on it!
LADY PLYMDALE	[*to* MR. DUMBY] Who is that well-dressed woman talking to Windermere?
DUMBY	Haven't got the slightest idea! Looks like an *edition de luxe*[33] of a wicked French novel, meant specially for the English market.
MRS. ERLYNNE	So that is poor Dumby with Lady Plymdale? I hear she is frightfully jealous of him. He doesn't seem anxious to speak to me tonight.

---

32) hope to goodness: 아무쪼록 ~이기를 바란다.
33) an edition de luxe: 호화판.

제드버러 여사 [오른쪽 무대.] 나한테 이렇게 멋진 이야기를 하는 당신은 정말 친절하시군요.

[얼린 여사가 웃는다. 그리고 계속해서 말을 한다.]

담비 [세실 그레이엄에게.] 제드버러 부인에게 얼린 부인을 소개했나?

세실 그레이엄 친구, 물론이지. 그럴 수밖에 없었어! 저 여자는 자신이 하고 싶은 일을 마음만 먹으면 누구에게나 시킬 수 있거든. 어떻게 그럴 수 있지? 그건 알 수 없지.

담비 나한테 제발 말 좀 안 시켰으면 좋겠어! [플림대일 여사에게로 슬슬 다가간다.]

얼린 여사 [무대 중앙. 제드버러 부인에게.] 목요일이요? 기꺼이 가겠습니다. [일어난다. 그리고 윈더미어 경에게 웃으면서 말한다.] 정말 짜증나요, 돈 있는 과부들에게 공손해야 하니! 그런데 그들은 언제나 그러기를 강요해요!

플림대일 부인 [담비 씨에게.] 윈더미어와 말하는 저 옷 잘 입은 여자는 누구지?

담비 전혀 모르겠는데요! 특별히 영국 시장을 겨냥한, 사악하지만 재미있는, 호화판으로 장정된 프랑스 소설처럼 보이네요.

얼린 여사 그래서 할 수 없이 저 불쌍한 담비가 플림대일 부인과 같이 있는 거예요? 그 부인은 담비에 대한 질투심이 엄청나다고 하던데요. 그래서 오늘 밤 담비가 나한테 말도 붙이려고 하지 않네요.

I suppose he is afraid of her. Those straw-coloured women have dreadful tempers. Do you know, I think I'll dance with you first, Windermere. [LORD WINDERMERE *bits his lip and frowns*.] It will make Lord Augustus so jealous! Lord Augustus! [LORD AUGUSTUS *comes down*.] Lord Windermere insists on my dancing with him first, and, as it's his own house, I can't well refuse. You know I would much sooner dance with you.

LORD AUGUSTUS [*with a low bow*] I wish I could think so, Mrs. Erlynne.

MRS ERLYNNE You know it far too well. I can fancy a person dancing through life with you and finding it charming.

LORD AUGUSTUS [*placing his hand on his white waistcoat*] Oh, thank you, thank you. You are the most adorable of all ladies!

MRS. ERLYNNE What a nice speech! So simple and so sincere! Just the sort of speech I like. Well, you shall hold my bouquet. [*Goes towards ball-room on* LORD WINDERMERE's *arm*.] Ah, Mr. Dumby, how are you? I am so sorry I have been out the last three times you have called. Come and lunch on Friday.

DUMBY [*with perfect nonchalance*34)] Delighted!

---

34) with nonchalance: 태연하게, 냉담하게.

그는 그 부인을 정말 두려워하나 봐요 밀짚 같은 안색을 한 여자들은 성질이 정말 더러워요 윈더미어, 난 우선 당신과 춤을 춰야겠어요 [윈더미어 경은 입술을 깨물면서 얼굴을 찡그린다.] 오거스터스 경은 질투심에 불타겠지! 오거스터스 경은 [오거스터스 경이 무대 앞으로 나온다.] 윈더미어 경이 우선 나하고 꼭 춤을 춰야 되겠대요 사실 난 당신과 먼저 춤추기를 원하지만, 그의 집이니까, 내가 어떻게 거절할 수 있겠어요?

오거스터스 경   [낮은 자세로 몸을 숙인다.] 얼린 여사, 나도 그런 식으로 생각 할 수 있으면 좋겠어요

얼린 여사   내 마음 잘 알잖아요 당신과 일생 내내 춤을 추고도 춤추는 것을 즐겁다고 생각하는 여성을 마음에 그릴 수 있어요

오거스터스 경   [그의 손을 하얀 조끼에 얹는다.] 정말 고마워요, 정말로. 당신은 최고로 사랑스러워요

얼린 여사   말솜씨가 그만이시네요! 아주 간단하면서도 아주 진지해요 그런 식의 말투를 나는 좋아해요 자, 제 부케를 들고 계세요 [윈더미어 경의 팔짱을 끼고 무도회장으로 간다.] 음, 담비 씨, 잘 지내시지요? 정말 미안합니다. 당신이 지난번 세 번이나 방문해주셨는데 그때마다 외출했었지요 금요일에 점심하러 오세요

담비   [태연하게.] 기꺼이!

[LADY PLYMDALE *glares with indignation at* MR. DUMBY. LORD AUGUSTUS *follows* MRS. ERLYNNE *and* LORD WINDERMERE *into the ball-room holding bouquet*]

LADY PLYMDALE [*to* MR. DUMBY] What an absolute brute you are! I never can believe a word you say! Why did you tell me you didn't know her? What do you mean by calling on her three times running?[35] You are not to go to lunch there; of course you understand that?

DUMBY My dear Laura, I wouldn't dream of going!

LADY PLYMDALE You haven't told me her name yet! Who is she?

DUMBY [*coughs slightly and smooths his hair*] She's a Mrs. Erlynne.

LADY PLYMDALE That woman!

DUMBY Yes; that is what every one calls her.

LADY PLYMDALE How very interesting! How intensely interesting! I really must have a good stare at her. [*Goes to door of ball-room and looks in.*] I have heard the most shocking things about her. They say she is ruining poor Windermere. And Lady Windermere, who goes in for[36] being so proper, invites her! How extremely amusing! It takes a thoroughly good woman to do a thoroughly stupid thing. You are to lunch there on Friday!

---

35) three times running: 연속해서 세 번.
36) go in for: ~에 열중하다, 즐기다, 좋아하다.

[플림대일 부인은 화를 내면서 담비 씨를 노려본다. 오거스터스 경은 얼린 여사와 윈더미어 경을 따라 연회가 열리는 무도회장으로 간다.]

플림대일 부인   [담비 씨에게.] 당신은 짐승 같아요! 당신 말은 한 마디도 믿지 않을 거예요! 왜 그녀를 모른다고 말했죠? 세 번이나 연속해서 당신이 그녀를 방문했다고 했는데, 무슨 의미죠? 거기로 점심 먹으러 가면 안돼요. 물론 알고 있겠죠?

담비   내 사랑 로라, 나는 그런 건 꿈도 꾸지 않아요!

플림대일 부인   아직 당신은 그녀의 이름을 말해 준적도 없어요. 도대체 그녀의 이름이 뭐죠?

담비   [약간 기침을 하고 머리를 가지런히 한다.] 얼린 여사.

플림대일 부인   저 여자가!

담비   맞아요. 누구든 그녀를 그렇게 불러요.

플림대일 부인   정말 재미있어! 짜릿해! 저 여자를 자세히 좀 살펴봐야겠어. [무도회장 입구로 가서 안을 들여다본다.] 그녀에 대해 아주 충격적인 이야기를 들은 적이 있어요. 불쌍한 윈더미어를 파멸시키려 한대요. 그런데 예의를 꽤나 차린다는 윈더미어 부인이 그 여자를 초대하다니! 정말 재미있어! 완벽하게 바보짓을 하려면, 완벽하게 착한 여자가 되어야 해. 그런데 당신, 이번 금요일에 거기서 점심을 먹을 예정이라고요!

DUMBY   Why?

LADY PLYMDALE   Because I want you to take my husband with you.
He has been so attentive lately, that he has become
a perfect nuisance. Now, this woman is just the
thing[37] for him. He'll dance attendance upon[38]
her as long as she lets him, and won't bother me.
I assure you, women of that kind are most useful.
They form the basis of other people's marriages.

DUMBY   What a mystery you are!

LADY PLYMDALE   [*looking at him*] I wish *you* were!

DUMBY   I am — to myself. I am the only person in the
world I should like to know thoroughly; but I
don't see any chance of it just at present.

[*They pass into the ball-room, and* LADY WINDERMERE *and* LORD
DARLINGTON *enter from the terrace.*]

LADY WINDERMERE   Yes. Her coming here is monstrous, unbearable. I
know now what you meant today at tea-time. Why
didn't you tell me right out? You should have!

LORD DARLINGTON   I couldn't! A man can't tell these things about
another man! But if I had known he was going
to make you ask her here tonight, I think I
would have told you.

---

37) just the thing: 바라던 대로의 것, 안성맞춤 인 것.
38) dance attendance on: ~의 비위를 맞추다, ~의 뒤를 따라다니다.

담비 그런데, 왜 그러시죠?

플림대일 부인 제 남편과 당신이 함께 갔으면 하고요. 요즘 남편이
너무 간섭이 심해서 꽤 성가시거든요. 그러니 그 여
자가 남편에게는 딱 안성맞춤이에요. 그 여자가 괜
찮다고 하는 한, 남편은 그녀의 뒤를 따라 다닐 거
고, 그러면 나를 성가시게 하지 않을 거예요. 그런
종류의 여자들은 정말 유용해요. 다른 사람들 결혼
생활을 탄탄하게 해주거든요.

담비 당신은 정말 미스터리에요!

플림대일 여사 [그를 쳐다본다.] 당신도 그럴 수 있었으면!

담비 나는 . . . 나 자신한텐 그래요. 그래서 세상에서 철
저하게 알고 싶은 사람은 나뿐이 없답니다. 그런데
지금으로서는 그럴 기회가 안 생겨요.

[그들은 무도회장으로 간다. 윈더미어 부인과 달링턴 경이 테라스에서 돌아온다.]

윈더미어 부인 맞아요. 그 여자가 여기에 오다니 소름끼쳐요. 참을
수 없어요. 티타임에 오늘 당신이 무슨 말을 했는지
이제야 알겠어요. 당신은 그때 왜 솔직하지 않았죠?
말을 했어야지요!

달링턴 경 난 할 수 없었어요! 남자는 다른 남자에 대해 이런
말들을 할 수 없어요! 만약에 당신 남편이 오늘 밤
여기로 그 여자를 초대하라고 당신에게 요구할 것을
내가 알았더라면, 당신에게 말했을 거요.

That insult, at any rate, you would have been spared.

LADY WINDERMERE I did not ask her. He insisted on her coming — against my entreaties — against my commands. Oh! the house is tainted for me! I feel that every woman here sneers at me as she dances by with my husband. What have I done to deserve this? I gave him all my life. He took it — used it — spoiled it! I am degraded in my own eyes; and I lack courage — I am a coward! [*Sits down on sofa.*]

LORD DARLINGTON If I know you at all, I know that you can't live with a man who treats you like this! What sort of life would you have with him? You would feel that he was lying to you every moment of the day. You would feel that the look in his eyes was false, his voice false, his touch false, his passion false. He would come to you when he was weary of others; you would have to comfort him. He would come to you when he was devoted to others; you would have to charm him. You would have to be to him the mask of his real life, the cloak to hide his secret.

LADY WINDERMERE You are right — you are terribly right. But where am I to turn? You said you would be my friend, Lord Darlington.

그러면 적어도 이런 모욕을 당신이 당하지 않았을 수도 있었을 거예요

윈더미어 부인 내가 그녀를 초대한 게 아니에요. 남편이 고집을 피워서 그녀를 오게 했어요. 내 말은 듣지도 않고 내 명령도 무시하면서. 아! 이렇게 우리 집을 더럽히다니! 저 여자와 남편이 춤을 추니까 여기에 있는 모든 부인들이 나를 비웃는 것 같아요. 내가 도대체 무슨 짓을 했기에 이런 대접을 받아야 하지요? 남편을 위해 내 인생 모두를 바쳤는데, 남편은 내 인생을 빼앗아 갔어요. 그것을 이용했어요. 그리고 망쳐놨어요. 바로 눈앞에서 모욕까지 당했어요. 그런데도 나는 용기가 없어요. 나는 비겁쟁이에요! [소파에 앉는다.]

달링턴 경 내가 아는 당신은 이런 식으로 당신을 대접하는 남자와 살 수 없어요! 그런 남자와 어떻게 살 수 있겠어요? 매 순간 마다 당신에게 거짓말 하고 있다는 생각이 들텐데. 그의 시선이 거짓이고, 목소리가 거짓이고, 손길이 거짓이고, 감정이 거짓이라는 것을 느낄 텐데. 다른 사람들에게 싫증이 나면 그는 당신에게 돌아올 거예요. 그러면 당신은 그를 위로 해야만 하죠. 다른 사람에게 빠져 있을 때 그가 당신에게 오면 마술을 걸어야 할 거예요. 당신은 그의 실상을 가려주어야 하는 가면이어야 하고, 그의 비밀을 가려주는 망토이어야 할 거예요.

윈더미어 부인 맞아요. 딱 맞아요. 그러면 나는 어디에 기대지요? 당신이 내 친구가 되겠다고 말했지요 달링턴 경,

Tell me, what am I to do? Be my friend now.

LORD DARLINGTON Between men and women there is no friendship possible. There is passion, enmity, worship, love, but no friendship. I love you —

LADY WINDERMERE No, no! [*Rises.*]

LORD DARLINGTON Yes, I love you! You are more to me than anything in the whole world. What does your husband give you? Nothing. Whatever is in him he gives to this wretched woman, whom he has thrust into your society, into your home, to shame you before every one. I offer you my life —

LADY WINDERMERE Lord Darlington!

LORD DARLINGTON My life — my whole life. Take it, and do with it what you will. . . . I love you — love you as I have never loved any living thing. From the moment I met you I loved you, loved you blindly, adoringly, madly! You did not know it then — you know it now! Leave this house tonight. I won't tell you that the world matters nothing, or the world's voice, or the voice of society. They matter a great deal. They matter far too much.

말해줘요, 내가 무엇을 해야 하는지를? 이제부터 내 친구가 되어 주세요.

달링턴 경 　남녀 사이에는 우정이 가능하지 않아요. 열정, 적의, 존경, 사랑은 있지만, 우정은 없어요. 나는 당신을 사랑합니다.

윈더미어 부인 　안돼요, 안돼요! [일어선다.]

달링턴 경 　아니에요, 나는 당신을 사랑해요! 당신은 나에게 세상에 있는 그 어떤 것보다 소중해요. 당신 남편이 당신에게 무엇을 주죠? 아무 것도. 자신 속에 있는 것은 무엇이든지 그 비열한 여자에게 주면서, 당신의 세계에, 당신의 가정에 그 여자를 끼어들게 했어요. 모든 사람 앞에서 당신을 창피주려고 말입니다. 나는 당신에게 내 생명까지 바칠 거예요.

윈더미어 부인 　달링턴 경!

달링턴 경 　내 생명, 내 생명 전부를 가지세요. 당신이 하고 싶은 대로 마음대로 하세요 . . . 나는 당신을 사랑해요. 어떤 사람도 당신만큼 사랑해 본적이 없어요. 당신을 만났던 순간부터 나는 당신을 사랑했어요, 맹목적으로, 숭배하는 마음으로, 미치도록 당신을 사랑했어요! 그때 당신은 몰랐지만. . . . 지금은 당신도 알게 되었소! 오늘 밤 이 집을 떠납시다. 세상 사람들이 문제가 되지 않는다고, 사람들의 의견 아니 사회의 의견이 문제가 되지 않는다고 말하지는 않겠어요. 사람들은 이것을 상당히 문제 삼고, 또 지나치게 신경 쓸 거예요.

But there are moments when one has to choose between living one's own life, fully, entirely, completely — or dragging out some false, shallow, degrading existence that the world in its hypocrisy demands. You have that moment now. Choose! Oh, my love, choose.

LADY WINDERMERE [*moving slowly away from him, and looking at him with startled eyes*] I have not the courage.

LORD DARLINGTON [*following her*] Yes; you have the courage. There may be six months of pain, of disgrace even, but when you no longer bear his name, when you bear mine, all will be well. Margaret, my love, my wife that shall be some day — yes, my wife! You know it! What are you now? This woman has the place that belongs by right to you. Oh! go — go out of this house, with head erect, with a smile upon your lips, with courage in your eyes. All London will know why you did it; and who will blame you? No one. If they do, what matter? Wrong? What is wrong? It's wrong for a man to abandon his wife for a shameless woman. It is wrong for a wife to remain with a man who so dishonours her. You said once you would make no compromise with things. Make none now. Be brave! Be yourself!

그런데 자신의 인생을, 충분하게, 온전하게, 완벽하게 사느냐, 아니면 거짓되고, 천박하고, 타락한 존재로 질질 끌면서 사느냐를 택해야만 할 때가 있어요 지금이 바로 그 때에요 오, 내 사랑, 결단을 내리세요

윈더미어 부인 [천천히 그에게 거리를 두면서, 놀란 눈으로 쳐다본다.]
전 용기가 없어요

달링턴 경 [그녀를 쫓아간다.] 그렇지 않아요 당신은 용감해요 앞으로 6개월간은 고통스럽고, 심지어는 치욕스러울 수 있어요 하지만 더 이상 그의 이름이 아니라, 내 이름을 가지게 되면, 모든 것이 잘 될 거에요 내 사랑, 앞으로 내 아내가 될 마가레트, 그렇지, 내 아내! 당신도 알잖아요! 지금 당신은 뭐예요? 그 여자가 당신 자리를 당연한 권리인양 차지하고 있지 않소 쟤! 떠납시다. 머리를 똑바로 들고, 입술에 미소를 띠고, 용기 있는 눈빛으로 이 집에서 떠나요 런던 모두가 당신이 왜 그렇게 했는지를 알게 될 거에요 누가 당신을 비난하겠어요? 아무도, 그들이 그런다고 해도 무슨 상관이죠? 잘못됐다고요? 무엇이 잘못됐어요? 뻔뻔스러운 여자를 위해 자신의 아내를 버린 게 잘못이지. 부인을 불명예스럽게 하는 남편과 계속 지내는 것은 잘못이에요 당신이 언젠가 말했죠. 당신은 무엇과도 타협하지 않겠다고 타협하지 말아요 용기를 내요! 자신만 생각하세요

LADY WINDERMERE	I am afraid of being myself. Let me think! Let me wait! My husband may return to me. [*Sits down on sofa.*]
LORD DARLINGTON	And you would take him back! You are not what I thought you were. You are just the same as every other woman. You would stand anything rather than face the censure of a world, whose praise you would despise. In a week you will be driving with this woman in the Park. She will be your constant guest — your dearest friend. You would endure anything rather than break with one blow this monstrous tie. You are right. You have no courage; none!
LADY WINDERMERE	Ah, give me time to think. I cannot answer you now. [*Passes her hand nervously over her brow.*]
LORD DARLINGTON	It must be now or not at all.
LADY WINDERMERE	[*rising from the sofa*] Then, not at all! [*A pause.*]
LORD DARLINGTON	You break my heart!
LADY WINDERMERE	Mine is already broken. [*A pause.*]
LORD DARLINGTON	Tomorrow I leave England. This is the last time I shall ever look on you. You will never see me again. For one moment our lives met — our souls touched. They must never meet or touch again. Good-bye, Margaret. [*Exit.*]
LADY WINDERMERE	How alone I am in life! How terribly alone!

원더미어 부인   나만 생각할 수 없어요. 어떻게 하지! 시간을 주세
             요! 남편이 나한테 돌아올지 몰라요. [소파에 앉는다.]

달링턴 경   그를 다시 받아들이겠다고요! 당신은 내가 생각했던
             사람이 아니네요. 당신은 다른 모든 여자들과 똑같
             아요. 세상의 비난에 맞서기보다 무엇이든 감수하겠
             다고 하는군요. 세상의 칭찬을 당신은 비웃곤 했어
             요. 일주일 후에 당신은 파크에서 그 여자와 함께
             마차를 탈거에요. 그리고 그 여자를 당신의 고정 손
             님으로 받아들일 거 에요. 아니, 그녀는 당신의 가장
             다정한 친구가 될 거 에요. 이 끔찍한 악연을 한 방
             으로 끊어버리기 보다 무엇이든 참을 테니까. 당신
             이 옳아요. 당신은 용기가 없어요. 전혀!

원더미어 부인   제발, 생각할 시간을 주세요. 지금 당신한테 답을 드
             릴 수가 없어요. [이마에 손을 신경질적으로 올려놓는다.]

달링턴 경   지금이어야 만해요. 그렇지 않으면 소용없어요.

원더미어 부인   [소파에서 일어서면서.] 소용없다고요! [사이.]

달링턴 경   당신 때문에 가슴이 무너져요!

원더미어 부인   내 가슴은 벌써 무너졌어요. [사이.]

달링턴 경   내일 저는 영국을 떠납니다. 지금이 당신을 바라볼
             수 있는 마지막 순간입니다. 다시는 나를 못 보게
             될 거예요. 한 순간 우리들은 만났고, 두 영혼이 맞
             닿았어요. 우리의 영혼은 결코 다시 만날 리도, 맞닿
             을 리도 없어요. 잘 있어요, 마가레트. [나간다.]

원더미어 부인   인생이란, 정말 외롭구나. 정말 외로워!

[*The music stops. Enter the* DUCHESS OF BERWICK *and* LORD PAISLEY *laughing and talking. Other guests come on from ball-room.*]

DUCHESS OF BERWICK   Dear Margaret, I've just been having such a delightful chat with Mrs. Erlynne. I am so sorry for what I said to you this afternoon about her. Of course, she must be all right if *you* invite her. A most attractive woman, and has such sensible views on life. Told me she entirely disapproved of people marrying more than once, so I feel quite safe about poor Augustus. Can't imagine why people speak against her. It's those horrid nieces of mine — the Saville girls — they're always talking scandal. Still, I should go to Homburg, dear, I really should. She is just a little too attractive. But where is Agatha? Oh, there she is. [LADY AGATHA *and* MR. HOPPER *enter from terrace L.U.E.*] Mr. Hopper, I am very, very angry with you. You have taken Agatha out on the terrace, and she is so delicate.

HOPPER   Awfully sorry, Duchess. We went out for a moment and then got chatting together.

DUCHESS OF BERWICK   [*C.*] Ah, about dear Australia, I suppose?

HOPPER   Yes!

DUCHESS OF BERWICK   Agatha, darling! [*Beckons her over.*]

LADY AGATHA   Yes, mamma!

[음악이 멈춘다. 버윅 공작부인과 패슬리 경이 웃고 이야기하면서 들어온다. 다른 손님들은 무도회장으로부터 들어온다.]

버윅 공작부인   마가레트, 얼린 여사와 즐겁게 이야기를 나누던 참이었어요 오늘 오후에 여사에 대해 얘기했던 것을 없던 것으로 합시다. 당신이 여사를 초대한다면, 물론, 여사는 당신의 초대를 받을 자격이 있어요 매우 매력적인 여성이고 인생관이 현명한 것 같아요 여사는 나한테 한 번 이상 결혼한 사람들을 전혀 인정할 수 없다고 그랬어요 그래서 불쌍한 오거스터스에 대해 상당히 안심하게 되었지요 왜 사람들이 그녀에 대해 부정적으로 이야기하는지 알 수 없어요 내 못생긴 조카들인 새빌 처녀들은 항상 스캔들을 밝혀요 나는 홈부르그에 가야 해요 꼭 가야해요 그녀는 약간 너무할 정도로 매력적이긴 해요 그런데 아가서는 어디 있지? 음, 저기 있네. [아가서 부인과 호퍼 씨가 테라스에서 돌아온다.] 호퍼 씨, 정말, 정말 당신한테 화가 나요 테라스로 아가서를 데리고 나가다니. 걔는 정말 약해요

호퍼   [중앙 왼쪽.] 정말 죄송합니다. 공작부인. 잠시 나가서 함께 이야기했어요.

버윅 공작부인   [무대 중앙.] 저, 오스트레일리아에 대해서였나요?

호퍼   맞습니다!

버윅 공작부인   아가서야! [그녀에게 손짓한다.]

아가서 부인   네, 엄마!

DUCHESS OF BERWICK [*aside*] Did Mr. Hopper definitely —

LADY AGATHA Yes, mamma.

DUCHESS OF BERWICK And what answer did you give him, dear child?

LADY AGATHA Yes, mamma.

DUCHESS OF BERWICK [*affectionately*] My dear one! You always say the right thing. Mr. Hopper! James! Agatha has told me everything. How cleverly you have both kept your secret.

HOPPER You don't mind my taking Agatha off to Australia, then, Duchess?

DUCHESS OF BERWICK [*indignantly*] To Australia? Oh, don't mention that dreadful vulgar place.

HOPPER But she said she'd like to come with me.

DUCHESS OF BERWICK [*severely*] Did you say that, Agatha?

LADY AGATHA Yes, mamma.

DUCHESS OF BERWICK Agatha, you say the most silly things possible. I think on the whole that Grosvenor Square would be a more healthy place to reside in. There are lots of vulgar people live in Grosvenor Square, but at any rate there are no horrid kangaroos crawling about. But we'll talk about that tomorrow. James, you can take Agatha down. You'll come to lunch, of course, James. At half-past one, instead of two. The Duke will wish to say a few words to you, I am sure.

버웍 공작부인	[방백으로.] 호퍼 씨가 확실히 . . .
아가서 부인	네, 엄마.
버웍 공작부인	얘야, 그래서 뭐라고 대답했냐?
아가서 부인	네, 엄마.
버웍 공작부인	[애정을 가지고.] 내 사랑하는 딸! 너는 언제나 옳은 말만 하는구나. 호퍼 제임스 씨! 아가서는 뭐든지 나한테 다 말한답니다. 어쩜 그렇게 교활하게 둘 다 비밀로 숨길 수 있었지!
호퍼	공작부인, 그러면, 아가서를 오스트레일리아로 데리고 가도 될까요?
버웍 공작부인	[화를 내면서.] 오스트레일리아로 데리고 간다고요? 맙소사, 그런 지독하게도 천박한 장소에 대해서 말도 꺼내지 말아요.
호퍼	아가서 부인은 나와 함께 가고 싶다고 그랬는데요
버웍 공작부인	[심하게.] 아가서야, 네가 그렇게 말했니?
아가서 부인	네, 엄마.
버웍 공작부인	아가서야, 너는 멍청한 말만 골라서 하는 구나. 전반적으로, 그로스브너 광장이 살기에 더 위생적이란다. 그로스브너 광장에 천박한 사람들이 많이 살고 있긴 해. 하지만 어쨌든 정말 역겨운 캥거루가 여기 저기 기어 다니지는 않아. 그러면 우리 내일 그 문제에 대해 이야기하기로 해요. 제임스, 아가서를 데리고 가도 좋아요. 괜찮으면, 내일 점심 먹으러 오세요 2시가 아니라 1시 반이에요. 공작이 당신에게 몇 마디하고 싶어 할지 몰라요.

HOPPER   I should like to have a chat with the Duke, Duchess. He has not said a single word to me yet.

DUCHESS OF BERWICK   I think you'll find he will have a great deal to say to you tomorrow. [*Exit* LADY AGATHA *with* MR. HOPPER.] And now good night, Margaret. I'm afraid it's the old, old story, dear. Love — well, not love at first sight, but love at the end of the season, which is so much more satisfactory.

LADY WINDERMERE   Good night, Duchess.

[*Exit the* DUCHESS OF BERWICK *on* LORD PAISLEY'S *arm.*]

LADY PLYMDALE   My dear Margaret, what a handsome woman your husband has been dancing with! I should be quite jealous if I were you! Is she a great friend of yours?

LADY WINDERMERE   No!

LADY PLYMDALE   Really? Good-night, dear. [*Looks at* MR. DUMBY *and exit.*]

DUMBY   Awful manners young Hopper has!

CECIL GRAHAM   Ah! Hopper is one of Nature's gentlemen, the worst type of gentleman I know.

DUMBY   Sensible woman, Lady Windermere. Lots of wives would have objected to Mrs. Erlynne coming. But Lady Windermere has that uncommon thing called common sense.

호퍼	공작님과 얘기하고 싶습니다. 아직 저한테 한 마디도 하지 않으셨거든요.
버윅 공작부인	공작은 내일 호퍼 씨에게 할 말이 무척 많을 거예요. [아가서는 호퍼 씨와 나간다.] 자, 안녕, 마가레트. 진부한 이야기일 수도 있어요. 사랑에 관한 이야기에요. 음, 첫 눈에 사랑하지 말고, 사교 철이 끝날 무렵에 사랑하라. 그것이 훨씬 결과가 좋아요.
윈더미어 부인	안녕히 가세요, 공작부인.

[패슬리 경의 팔을 끼고 버윅 공작부인은 나간다.]

플림대일 부인	마가레트, 당신 남편이 정말 멋진 여자와 춤을 추고 있네요! 내가 당신이라면 꽤 질투할 텐데. 당신과 친한 친구인가요?
윈더미어 부인	아니오.
플림대일 부인	그래요? 그럼 전 가볼게요. [담비 씨를 바라보고 나간다.]
담비	새파랗게 젊은 호퍼의 매너는 정말 형편없네!
세실 그레이엄	아! 호퍼는 자연 그대로의 신사거든. 신사 중 최악의 타입이라고나 할까.
담비	윈더미어 부인은 현명한 여자야. 많은 부인들은 얼린 여사가 오는 것을 반대했을 거야. 그런데 윈더미어 부인에게는 소위 상식이라 부르는 흔하지 않은 면을 가지고 있지.

CECIL GRAHAM	And Windermere knows that nothing looks so like innocence as an indiscretion.
DUMBY	Yes; dear Windermere is becoming almost modern. Never thought he would. [*Bows to* LADY WINDERMERE *and exit.*]
LADY JEDBURGH	Good night, Lady Windermere. What a fascinating woman Mrs. Erlynne is! She is coming to lunch on Thursday; won't you come too? I expect the Bishop and dear Lady Merton.
LADY WINDERMERE	I am afraid I am engaged, Lady Jedburgh.
LADY JEDBURGH	So sorry. Come, dear. [*Exeunt* LADY JEDBURGH *and* MISS GRAHAM.]

[*Enter* MRS. ERLYNNE *and* LORD WINDERMERE.]

MRS. ERLYNNE	Charming ball it has been! Quite reminds me of old days. [*Sits on sofa.*] And I see that there are just as many fools in society as there used to be. So pleased to find that nothing has altered! Except Margaret. She's grown quite pretty. The last time I saw her — twenty years ago, she was a fright in flannel. Positive fright, I assure you. The dear Duchess! and that sweet Lady Agatha! Just the type of girl I like! Well, really, Windermere, if I am to be the Duchess's sister-in-law —
LORD WINDERMERE	[*sitting L. of her*] But are you — ?

세실 그레이엄	윈더미어는 어떤 것도 철없을 정도로 순진하지 않다는 것을 알고 있어.
담비	그래, 윈더미어는 현대적이라 할 만해. 그가 그럴 줄은 전혀 생각 못했어. [윈더미어 부인에게 인사하고 나간다.]
제드버러 부인	안녕히 계세요, 윈더미어 부인. 얼린 여사는 정말 매력적이에요! 목요일에 그녀와 점심을 같이 하려고 해요. 당신도 물론 오겠지요? 주교와 머튼 부인도 올 거예요.
윈더미어 부인	약속이 있어요. 제드버러 부인.
제드버러 부인	참 유감이네요. 자, 갑시다. [제드버러 부인과 그레이엄 양이 퇴장한다.]

[얼린 여사와 윈더미어 경이 들어온다.]

얼린 여사	정말 황홀한 무도회였어요! 정말 옛날이 생각나요. [소파에 앉는다.] 사교계에는 예전에도 그랬듯이 멍청이들이 득실거리네요. 아무 것도 변하지 않아 정말 기뻐요. 마가레트만 빼고. 그녀는 상당히 예뻐졌네요. 20년 전, 내가 그녀를 마지막으로 보았을 때 그녀는 플라넬 천에 싸인 괴물 같았어요. 정말로 괴물 같았어요. 공작부인! 그리고 저 귀여운 아가서 부인! 내가 정말 좋아하는 처녀 타입이죠! 음, 정말로 윈더미어, 내가 공작부인의 올케가 된다면 . . .
윈더미어 경	[그녀의 왼쪽에 앉아있다.] 하지만 당신은 . . .

[*Exit* MR. CECIL GRAHAM *with rest of guests.* LADY WINDERMERE *watches, with a look of scorn and pain,* MRS. ERLYNNE *and her husband. They are unconscious of her presence.*]

MRS. ERLYNNE   Oh, yes! He's to call tomorrow at twelve o'clock! He wanted to propose tonight. In fact he did. He kept on proposing. Poor Augustus, you know how he repeats himself. Such a bad habit! But I told him I wouldn't give him an answer till tomorrow. Of course I am going to take him. And I dare say I'll make him an admirable wife, as wives go[39]. And there is a great deal of good in Lord Augustus. Fortunately it is all on the surface. Just where good qualities should be. Of course you must help me in this matter.

LORD WINDERMERE   I am not called on to encourage Lord Augustus, I suppose?

MRS. ERLYNNE   Oh, no! I do the encouraging. But you will make me a handsome settlement, Windermere, won't you?

LORD WINDERMERE   [*frowning*] Is that what you want to talk to me about tonight?

MRS ERLYNNE   Yes.

LORD WINDERMERE   [*with a gesture of impatience*] I will not talk of it here.

---

39) as wives go: 아내로는.

   as men go: 보편적으로 말해서.

[세실 그레이엄 씨와 다른 손님들이 들어온다. 윈더미어 부인이 경멸과 고통의 표정으로 얼린 여사와 그녀의 남편을 쳐다본다. 그들은 그녀의 존재를 모르고 있다.]

얼린 여사 　그렇고말고요. 내일 12시에 그가 방문하기로 되어 있어요. 오늘 밤 그이가 프러포즈 하고 싶어 했어요. 사실 이미 한 거나 마찬가지예요. 계속 프러포즈를 했으니까요. 불쌍한 오거스터스, 어떤 식으로 같은 말을 또 하고, 또 하는지 당신도 알잖아요. 그런 나쁜 습관이 있다니! 그런데 나는 내일까지 답을 주지 않겠다고 그에게 말했어요. 물론 나는 그이를 택할 거예요. 나는 감히 장담할 수 있어요. 아내로는, 그를 감탄할 만하게 만들 거예요. 오거스터스 경에게는 좋은 점이 많아요. 다행스럽게도 모두 겉으로 보이죠. 좋은 자질들은 겉에 나타나야 해요. 이 문제에 관한 한 당신이 나를 도와주어야 해요.

윈더미어 경 　오거스터스 경에게 용기를 주려고 나까지 동원하는 것은 아니겠죠?

얼린 여사 　물론 아니지요. 그건 나 혼자 충분해요. 하지만 내가 멋지게 자리 잡도록 당신이 도와줘야 해요, 윈더미어, 그렇게 할 거죠?

윈더미어 경 　[찡그리면서.] 오늘 밤 당신이 나에게 얘기하려고 했던 게 바로 그건가요?

얼린 여사 　네.

윈더미어 경 　[짜증나는 몸짓으로.] 여기서는 그 문제에 대해 얘기하지 않을 거예요.

MRS. ERLYNNE [*laughing*] Then we will talk of it on the terrace. Even business should have a picturesque background. Should it not, Windermere? With a proper background women can do anything.

LORD WINDERMERE Won't tomorrow do as well?

MRS. ERLYNNE No; you see, tomorrow I am going to accept him. And I think it would be a good thing if I was able to tell him that I had — well, what shall I say? — £2,000 a year left to me by a third cousin — or a second husband — or some distant relative of that kind. It would be an additional attraction, wouldn't it? You have a delightful opportunity now of paying me a compliment, Windermere. But you are not very clever at paying compliments. I am afraid Margaret doesn't encourage you in that excellent habit. It's a great mistake on her part. When men give up saying what is charming, they give up thinking what is charming. But seriously, what do you say to £2,000s? £2,500, I think. In modern life margin[40] is everything. Windermere, don't you think the world an intensely amusing place? I do!

[*Exit on terrace with* LORD WINDERMERE. *Music strikes up in ball-room.*]

---

40) margin: 여유 돈, 이문.

얼린 여사　[웃으면서.] 그러면 테라스에 나가서 이야기 하죠. 사업에 대해 이야기한다 할지라도 멋진 배경이 있으면 좋아요. 그렇지 않아요, 윈더미어? 배경만 좋으면, 여자들은 만사 OK랍니다.

윈더미어 경　내일은 어떨까요?

얼린 여사　안돼요. 내일은 그이의 청혼을 받아들여야 하거든요. 자, 뭐라고 하지? 세 번째 조카 . . . 아니, 둘째 남편 . . . 아니, 어떤 먼 친척이 나에게 한 해에 2000 파운드를 남겨줬다고 . . . 그에게 말할 수 있으면 좋겠어요. 그러면 한층 더 끌릴 거예요, 그렇지 않을까요? 윈더미어, 나를 칭찬해 줄 절호의 기회가 당신에게 왔어요. 그런데 당신은 정말 제대로 나를 칭찬해줄 줄 모르는 것 같아요. 마가레트가 당신을 그런 식으로 멋지게 격려해 주지 않나 봐요. 그건 그 아이가 정말 잘못하는 거예요. 남자들이 매력적으로 말할 수 없으면, 그들은 매력적인 어떤 것도 생각해 내지 못해요. 그런데, 진심으로, 2000 파운드에 대한 당신의 견해는? 2500 파운드를 난 생각하거든요. 현대 생활에서는 여유 돈이 전부예요. 윈더미어, 세상은 짜릿할 정도로 재미있는 곳이라고 생각하지 않나요? 난 그렇게 생각해요!

[윈더미어 경과 함께 테라스로 나간다. 음악이 무도회장에서 연주되기 시작한다.]

LADY WINDERMERE	To stay in this house any longer is impossible. Tonight a man who loves me offered me his whole life. I refused it. It was foolish of me. I will offer him mine now. I will give him mine. I will go to him! [*Puts on cloak and goes to the door, then turns back. Sits down at table and writes a letter, puts it into an envelope, and leaves it on table.*] Arthur has never understood me. When he reads this, he will. He may do as he chooses[41] now with his life. I have done with mine as I think best, as I think right. It is he who has broken the bond of marriage — not I! I only break its bondage.

[*Exit.*]

[PARKER *enters L. and crosses towards the ball-room R.*
Enter MRS. ERLYNNE.]

MRS. ERLYNNE	Is Lady Windermere in the ball-room?
PARKER	Her ladyship has just gone out.
MRS. ERLYNNE	Gone out? She's not on the terrace?
PARKER	No, madam. Her ladyship has just gone out of the house.
MRS. ERLYNNE	[*starts, and looks at the servant with a puzzled expression in her face*] Out of the house?

---

41) as one chooses: 선택한 대로

윈더미어 부인 나는 이 집에 더 이상 머물 수 없어. 오늘 나를 사랑하는 한 남자가 나에게 그의 생명 전체를 바치겠다고 했어. 난 그것을 거절했지. 난 정말 바보야. 나도 그에게 나의 모든 것을 바칠 거야. 그에게 나의 모든 것을 줘야지. 가자 그에게로! [망토를 입고 문으로 간다. 그리고 뒤를 돌아본다. 책상에 앉아 편지를 써 봉투에 넣는다. 그리고 그것을 책상 위에 남겨둔다.] 아서는 나를 한 번도 이해한 적이 없어. 이것을 읽으면, 그도 이해하겠지. 그가 지금 선택한 대로 인생을 살아갈 지도 몰라. 결혼 계약을 깬 사람은 그야. 내가 아니야! 나는 단지 결혼의 굴레를 깰 뿐이야.

[나간다.]

[파커가 왼쪽으로 들어와서, 무도회장 오른쪽으로 간다.]

얼린 여사 윈더미어 부인은 무도회장에 계셔?
파커 부인께서 막 나가셨습니다.
얼린 여사 나갔다고? 테라스에 있지 않나?
파커 아니오, 여사님. 부인께서 막 집을 떠나셨습니다.
얼린 여사 [놀라서, 얼굴에 당황한 기색으로 하인을 쳐다본다.] 집을 떠났다고?

PARKER	Yes, madam — her ladyship told me she had left a letter for his lordship on the table.
MRS. ERLYNNE	A letter for Lord Windermere?
PARKER	Yes, madam.
MRS. ERLYNNE	Thank you.

[*Exit* PARKER. *The music in the ball-room stops.*] Gone out of her house! A letter addressed to her husband! [*Goes over to bureau and looks at letter. Takes it up and lays it down again with a shudder of fear.*] No, no! It would be impossible! Life doesn't repeat its tragedies like that! Oh, why does this horrible fancy come across me? Why do I remember now the one moment of my life I most wish to forget? Does life repeat its tragedies? [*Tears letter open and reads it, then sinks down into a chair with a gesture of anguish.*] Oh, how terrible! The same words that twenty years ago I wrote to her father! and how bitterly I have been punished for it! No; my punishment, my real punishment is tonight, is now! [*Still seated R.*]

[*Enter* LORD WINDERMERE *L.U.E.*]

LORD WINDERMERE	Have you said good-night to my wife? [*Comes C.*]
MRS. ERLYNNE	[*crushing letter in her hand*] Yes.

파커　네, 여사님. . . . 주인님에게 보낸 편지를 책상에 남겨놓았다고 부인께서 말씀하셨습니다.

얼린 여사　윈더미어 경에게 편지를?

파커　네, 여사님.

얼린 여사　고마워.

[파커가 나간다. 무도회장의 음악이 멈춘다.]

그녀가 집을 나갔다고! 남편에게 편지를 남기고! [책상으로 가서 편지를 본다. 그것을 집는다. 공포에 떨면서 다시 놓는다.] 안 돼, 안 돼! 그럴 수는 없어! 인생이 이런 식으로 비극을 반복할 순 없어. 아, 왜 이처럼 무서운 생각이 머리를 스치는 거지? 내가 정말 잊어버리고 싶은 인생의 한 순간이 왜 지금 떠오르는 거야? [편지를 뜯어서 읽는다. 의자에 고통스럽게 털썩 앉는다.] 아, 정말 끔찍해! 20년 전에 내가 자기 아버지에게 사용했던 것과 똑같은 단어들을 쓰다니! 그것 때문에 내가 얼마나 쓴 벌을 받았는데! 안 돼. 나에 대한 처벌, 나에 대한 진짜 처벌이 오늘 밤, 이 순간에 내려지다니! [아직도 오른쪽에 앉아있다.]

[윈더미어 경이 들어온다.]

윈더미어 경　제 처한테 잘 자라고 했습니까? [중앙으로 온다.]

얼린 여사　[편지를 손으로 구기면서.] 네.

LORD WINDERMERE	Where is she?
MRS. ERLYNNE	She is very tired. She has gone to bed. She said she had a headache.
LORD WINDERMERE	I must go to her. You'll excuse me?
MRS. ERLYNNE	[*rising hurriedly*] Oh, no! It's nothing serious. She's only very tired, that is all. Besides, there are people still in the supper-room. She wants you to make her apologies to them. She said she didn't wish to be disturbed. [*Drops letter.*] She asked me to tell you!
LORD WINDERMERE	[*picks up letter*] You have dropped something.
MRS. ERLYNNE	Oh yes, thank you, that is mine. [*Puts out her hand to take it.*]
LORD WINDERMERE	[*still looking at letter*] But it's my wife's handwriting, isn't it?
MRS. ERLYNNE	[*takes the letter quickly*] Yes, it's — an address. Will you ask them to call my carriage, please?
LORD WINDERMERE	Certainly.

[*Goes L. and Exit.*]

MRS. ERLYNNE	Thanks! What can I do? What can I do? I feel a passion awakening within me that I never felt before. What can it mean? The daughter must not be like the mother — that would be terrible.

윈더미어 경   어디 있죠?

얼린 여사   매우 피곤하대요. 자러 갔어요. 머리가 아프다고 했
          어요.

윈더미어 경   전 그녀에게 가보겠습니다. 실례해도 괜찮죠?

얼린 여사   [급히 일어서면서.] 천만에, 안돼요. 별일 아니에요. 그
          저 피곤하다고 했어요. 게다가, 무도회장에 사람들이
          아직 있잖아요. 그 사람들에게 죄송하다고 당신이
          자기 대신 사과하라고 했어요. 소란 떨고 싶지 않다
          고 했거든요. [편지를 떨어뜨린다.] 나보고 당신한테 말
          하라고 그랬어요!

윈더미어 경   [편지를 줍는다.] 뭘 떨어뜨리셨어요.

얼린 여사   아, 그래요, 감사합니다. 제 거예요. [그것을 받으려고
          손을 내민다.]

윈더미어 경   [계속 편지를 바라본다.] 그런데 내 아내의 글씨네요. 그
          렇지 않아요?

얼린 여사   [편지를 재빨리 받는다.] 네, 이건 . . . 주소에요. 마차를
          불러달라고 해 주시겠어요?

윈더미어 경   물론이죠.

          [왼쪽으로 가서 나간다.]

얼린 여사   맙소사! 어떡하지? 어떡하지? 전에 한 번도 느껴 보
          지 못했던 감정이 안에서 솟구치네. 대체 이게 무슨
          뜻 일까? 딸은 엄마처럼 되어서는 안 돼. 그건 끔찍
          할 거야.

How can I save her? How can I save my child?
A moment may ruin a life. Who knows that
better than I? Windermere must be got out of
the house; that is absolutely necessary. [*Goes L.*]
But how shall I do it? It must be done
somehow. Ah!

[*Enter* LORD AUGUSTUS *R.U.E. carrying bouquet.*]

LORD AUGUSTUS   Dear lady, I am in such suspense[42]! May I not
have an answer to my request?

MRS. ERLYNNE   Lord Augustus, listen to me. You are to take Lord
Windermere down to your club at once, and keep
him there as long as possible. You understand?

LORD AUGUSTUS   But you said you wished me to keep early hours!

MRS. ERLYNNE   [*nervously*] Do what I tell you. Do what I tell you.

LORD AUGUSTUS   And my reward?

MRS. ERLYNNE   Your reward? Your reward? Oh! ask me that
tomorrow. But don't let Windermere out of your
sight tonight. If you do I will never forgive you.
I will never speak to you again. I'll have nothing
to do with you. Remember you are to keep
Windermere at your club, and don't let him
come back tonight.

---

42) be in suspense: 마음을 졸이다, (어떻게 되나 하고) 걱정하다.

그 아이를 어떻게 구할 수 있지? 내 아이를 어떻게 구할 수 있을까? 한 순간이 인생을 망칠 수도 있어. 누가 나보다 그것을 더 잘 알겠어? 윈더미어가 집에 없어야만해. 그게 절대적으로 필요해. [왼쪽으로 간다.] 그런데 어떻게 한담? 어쨌든 해결해야만 해. 맙소사!

[오거스터스 경이 꽃다발을 들고 들어온다.]

오거스터스 경   사랑 하는 부인, 정말 걱정이 되요! 제 청혼에 대한 답을 들을 수 있을까요?

얼린 여사   오거스터스 경. 내 말을 들어요. 윈더미어 경을 당장 당신 클럽에 데리고 가서 될 수 있는 한 오래 붙잡아 둬야 해요. 아시겠어요?

오거스터스 경   그런데 당신은 나보고 일찍 자고 일찍 일어나라고 했잖아요.

얼린 여사   [신경질적으로] 내가 당신에게 말한 대로 해주세요. 제발.

오거스터스 경   그러면 그 대가는요?

얼린 여사   대가요? 대가라고요? 어, 그건 내일 얘기해요. 윈더미어를 오늘 밤 당신 눈앞에서 사라지게 하면 안돼요. 만약 그런 일이 벌어지면 당신을 결코 용서하지 않을 거예요. 다시는 당신과 말도 하지 않을 거예요. 당신 일에는 상관도 하지 않을 거예요. 클럽에 윈더미어를 꼭 붙잡아 두어야만 해요. 오늘 밤 윈더미어를 집에 가게 해서는 안돼요.

[Exit L.]

LORD AUGUSTUS Well, really, I might be her husband already. Positively I might. [*Follows her in a bewildered manner.*]

ACT DROP.

[왼쪽으로 나간다.]

오거스터스 경 어, 정말로, 내가 이미 그녀의 남편이 된 것 같군. 확실히, 그렇게 될 거야. [당황한 모습으로 그녀를 쫓아간다.]

막이 내린다.

THIRD ACT

SCENE

Lord Darlington's Rooms.

[*A large sofa is in front of fireplace R. At the back of the stage a curtain is drawn across the window. Doors L. and R. Table R. with writing materials. Table C. with syphons, glasses, and Tantalus frame. Table L. with cigar and cigarette box. Lamps lit.*]

LADY WINDERMERE   [*standing by the fireplace*] Why doesn't he come? This waiting is horrible. He should be here. Why is he not here, to wake by passionate words some fire within me? I am cold — cold as a loveless thing. Arthur must have read my letter by this time. If he cared for me, he would have come after me, would have taken me back by force. But he doesn't care. He's entrammelled[43] by this woman — fascinated by her — dominated by her. If a woman wants to hold a man, she has merely to appeal to what is worst in him.

---

43) entrammel: 속박하다, 사로잡히다, 그물로 잡다.

3막

장면

달링턴 경의 방들

[벽난로 오른쪽 앞에 큰 소파가 있다. 무대 뒤쪽 창문에 커튼이 드리워져 있다. 왼쪽과 오른쪽 문들, 식탁 오른쪽에 문구들이 놓여 있다. 식탁 중앙에 사이펀, 유리잔, 그리고 술병 진열대가 있다. 식탁 왼쪽에 시가와 담배통이 있다. 램프에 불이 들어와 있다.]

윈더미어 부인　[벽난로 옆에 서있다.] 왜 안 오는 거야? 이런 식으로 기다리는 건 정말 끔찍해. 그가 여기 있어야 하잖아. 열정적인 말들로 내 마음에 불을 질러놓고선 왜 여기 없는 거야? 아이 추워, 버림받은 여자처럼 추워. 아서는 지금쯤이면 내 편지를 읽었을 텐데. 나를 사랑한다면, 강제로라도 데려가야지. 그런데 상관도 안 하잖아. 그 여자한테 완전히 사로잡히고 홀려, 허깨비가 됐어. 여자가 남자를 독차지하려면, 남자의 최악의 약점을 건드리기만 하면 돼.

We make gods of men and they leave us. Others make brutes of them and they fawn and are faithful. How hideous life is! . . . Oh! it was mad of me to come here, horribly mad. And yet, which is the worst, I wonder, to be at the mercy of[44] a man who loves one, or the wife of a man who in one's own house dishonours one? What woman knows? What woman in the whole world? But will he love me always, this man to whom I am giving my life? What do I bring him? Lips that have lost the note of joy, eyes that are blinded by tears, chill hands and icy heart. I bring him nothing. I must go back — no; I can't go back, my letter has put me in their power — Arthur would not take me back! That fatal letter! No! Lord Darlington leaves England tomorrow. I will go with him — I have no choice. [*Sits down for a few moments. Then starts up and puts on her cloak.*] No, no! I will go back, let Arthur do with me what he pleases. I can't wait here. It has been madness my coming. I must go at once. As for Lord Darlington — Oh! here he is! What shall I do? What can I say to him? Will he let me go away at all? I have heard that men are brutal, horrible . . . Oh! [*Hides her face in her hands.*]

---

44) at the mercy of: ~의 마음대로 되어, ~에 좌우되어.

우리들이 남자를 신으로 삼으면, 그들은 오히려 우리를 떠나버려. 그런 부류의 여자들은 그들을 야수로 만들어. 그러면 그들은 아첨을 떨 뿐만 아니라 충성을 바치지. 산다는 건 정말 끔찍한 일이야! . . . 맙소사! 여기에 오다니 내가 미쳤어, 정말 미쳤어. 사랑하는 남자의 손아귀에 운명이 달려 있을 때 그리고 아내로 집에서 대접을 못 받을 때, 둘 중 어느 것이 더 최악이지? 누가 그걸 알지? 세상 전체에서 그것을 아는 여자가 있을까? 내 인생을 다 바치려 하는 이 남자가 나를 항상 사랑해줄까? 나는 그에게 무엇을 줄 수 있지? 기쁨의 노래를 잃어버린 입술, 눈물로 멀어버린 눈, 차가운 손 그리고 얼음 같은 심장을 가진 내가. 그에게 아무 것도 가져다 줄 수 없어. 돌아가야만 해. 안 돼. 나는 돌아갈 수 없어. 난 편지 때문에 그들의 손아귀에 들어갔어. 아서는 나를 받아주지 않을 거야! 그 치명적인 편지! 괜찮아! 달링턴 경은 내일 영국을 떠나. 나도 그와 함께 갈 거야 . . . 선택의 여지가 없어. [잠시 앉아 있다. 그리고서 벌떡 일어나 망토를 입는다.] 안 돼, 안 돼! 돌아갈 거야. 아서의 처분에 나를 맡길래. 여기서 기다릴 수는 없어. 내가 미쳐서 여기에 왔지. 바로 돌아 가야 해. 달링턴 경이, 어, 저기 있네. 어떡하지? 뭐라고 말하지? 그가 내가 가도록 내버려 둘까? 남자들은 거칠고 무섭다고 하던데 . . . 맙소사! [손으로 얼굴을 가린다.]

[*Enter* MRS. ERLYNNE *L.*]

MRS. ERLYNNE   Lady Windermere! [LADY WINDERMERE *starts and looks up. Then recoils in contempt.*] Thank Heaven I am in time. You must go back to your husband's house immediately.

LADY WINDERMERE   Must?

MRS. ERLYNNE   [*authoritatively*] Yes, you must! There is not a second to be lost. Lord Darlington may return at any moment.

LADY WINDERMERE   Don't come near me!

MRS. ERLYNNE   Oh! You are on the brink of[45] ruin, you are on the brink of a hideous precipice[46]. You must leave this place at once, my carriage is waiting at the corner of the street. You must come with me and drive straight home.

[LADY WINDERMERE *throws off her cloak and flings it on the sofa.*]

MRS. ERLYNNE   What are you doing?

LADY WINDERMERE   Mrs. Erlynne — if you had not come here, I would have gone back. But now that I see you, I feel that nothing in the whole world would induce me to live under the same roof as Lord Windermere.

---

45) on the brink of: 금방 ~할 것 같은, ~하기 직전에.
46) on the brink of precipice: 위기 직전에.

[얼린 여사가 왼쪽에서 들어온다.]

얼린 여사   윈더미어 부인! [윈더미어 부인은 놀라서 쳐다본다. 그리고 경멸하면서 물러선다.] 하느님 감사합니다. 절묘하게 시간을 맞췄네. 당신은 곧장 집으로 돌아가야만 해요.

윈더미어 부인   돌아가요?

얼린 여사   [권위 있게.] 그래요, 가야해요. 일 초도 낭비해서는 안 돼요. 달링턴 경은 언제라도 돌아올 수 있어요.

윈더미어 부인   가까이 오지 마세요!

얼린 여사   아! 당신은 파멸하기 일보 직전이에요. 소름끼칠 정도의 위기에 처해 있어요. 당장 이 곳을 떠나야만 해요. 내 마차가 길거리 모퉁이에서 기다리고 있어요. 나와 함께 집으로 곧장 가야만 해요.

[윈더미어 부인은 자신의 망토를 벗어 소파에 내동댕이친다.]

얼린 여사   무슨 짓이에요?

윈더미어 부인   얼린 여사, 당신이 이곳에 오지 않았더라면, 난 돌아 갔을 거예요. 그런데 당신을 보니까, 그 마음이 싹 가셨어요. 세상에 어떤 것도 나와 윈더미어 경을 한 지붕아래 살게 하지는 못할 거예요.

You fill me with horror. There is something about you that stirs the wildest — rage within me. And I know why you are here. My husband sent you to lure me back[47] that I might serve as a blind[48] to whatever relations exist between you and him.

MRS. ERLYNNE   Oh! You don't think that — you can't.

LADY WINDERMERE   Go back to my husband, Mrs. Erlynne. He belongs to you and not to me. I suppose he is afraid of a scandal. Men are such cowards. They outrage every law[49] of the world, and are afraid of the world's tongue. But he had better prepare himself. He shall have a scandal. He shall have the worst scandal there has been in London for years. He shall see his name in every vile paper, mine on every hideous placard.

MRS. ERLYNNE   No — no —

LADY WINDERMERE   Yes! he shall. Had he come himself, I admit I would have gone back to the life of degradation you and he had prepared for me — I was going back — but to stay himself at home, and to send you as his messenger — oh! it was infamous — infamous.

---

47) lure back: 꾀어 들이다.
48) serve as a blind: 미끼로 쓰다.
　　a blind: 미끼, 구실, 책략, 속임(수).
49) outrage the law: 법을 위반하다.

당신은 나를 공포에 질리게 해요 당신 속의 무언인 가가 내 속에 야수 같은 분노를 폭발하게 해요 나는 당신이 왜 여기 있는지 알아요 나를 꾀어 들이기 위해 남편이 당신을 보냈어요 당신과 내 남편의 관계가 어떤 관계인지 몰라도 나를 미끼로 이용 하려는 가 봐요

얼린 여사   아, 저런! 그렇게 생각하다니. 그렇게!

윈더미어 부인   제 남편한테 돌아가세요 그는 당신 거예요 내 것이 아니라. 그이는 스캔들을 두려워해요 남자들은 비겁쟁이들이에요 남자들은 세상에 모든 법을 어기면서도 사람들의 혀는 무서워해요 그이는 스스로 마음의 준비를 하는 게 좋을 거예요 스캔들에 휘말리게될 테니까요 수년간 런던에서 있었던 스캔들 중에 최악일 거예요 그는 모든 저속한 신문에서 자신의 이름을 보게 될 거고, 모든 혐오스러운 방문(榜文)에서 내 이름을 보게 될 거예요

얼린 여사   그렇지 않아요 . . . 절대로 . . .

윈더미어 부인   맞아요! 그는 그렇게 될 거예요 그가 몸소 왔더라면, 당신과 그가 나를 위해 준비한 치욕스런 인생으로 돌아갔을 거예요 그럴 작정이었어요 그런데 자기는 집에 있으면서 당신을 대신 보냈어요 맙소사, 그는 정말 형편없어요 정말.

MRS. ERLYNNE   [*C.*] Lady Windermere, you wrong me horribly — you wrong your husband horribly. He doesn't know you are here — he thinks you are safe in your own house. He thinks you are asleep in your own room. He never read the mad letter you wrote to him!

LADY WINDERMERE   [*R.*] Never read it!

MRS. ERLYNNE   No — he knows nothing about it.

LADY WINDERMERE   How simple you think me! [*Going to her.*] You are lying to me!

MRS. ERLYNNE   [*restraining herself*] I am not. I am telling you the truth.

LADY WINDERMERE   If my husband didn't read my letter, how is it that you are here? Who told you I had left the house you were shameless enough to enter? Who told you where I had gone to? My husband told you, and sent you to decoy me back. [*Crosses L.*]

MRS. ERLYNNE   [*R.C.*] Your husband has never seen the letter. I — saw it, I opened it. I — read it.

LADY WINDERMERE   [*turning to her*] You opened a letter of mine to my husband? You wouldn't dare!

MRS. ERLYNNE   Dare! Oh! to save you from the abyss into which you are falling, there is nothing in the world I would not dare, nothing in the whole world. Here is the letter.

얼린 여사   [무대 중앙.] 부인, 나를 지독하게 오해하고 있어요. 당
신 남편에 대해서도 그래요. 당신 남편은 당신이 여
기에 있는지 몰라요. 당신은 아무 일없이 집에 있다
고 생각해요. 당신이 정신 나가 쓴 편지를 당신 남
편은 읽은 적이 없어요.

윈더미어 부인   [오른 쪽 무대.] 읽은 적이 없다고요!

얼린 여사   네. 그는 이 사건에 대해 아무 것도 몰라요.

윈더미어 부인   나를 그렇게 단순하게 보다니! [그녀에게로 다가간다.]
어떻게 나한테 그런 거짓말을!

얼린 여사   [스스로를 억제하면서.] 그렇지 않아요. 진실을 말하고
있어요.

윈더미어 부인   남편이 내 편지를 읽지 않았더라면, 어떻게 당신이
여기에 있지요? 누가 당신에게 내가 집을 나갔다고
말 한 거죠? 우리 집에 뻔뻔스럽게 찾아온 당신에게?
누가 당신에게 내가 간 곳을 말 한 거냐고요? 남편
이 당신에게 말했겠지요. 그리고 당신보고 나를 유인
해서 데려오라고 한 거잖아요. [왼쪽으로 가로질러 간다.]

얼린 여사   [중앙 오른쪽.] 당신 남편은 그 편지를 읽은 적이 없어
요. 내가 . . . 그것을 봤어요. 그것을 뜯어서 . . . 읽
었어요.

윈더미어 부인   [그녀에게 향한다.] 당신이 내 남편에게 보낸 내 편지를
뜯었다고요? 감히!

얼린 여사   감히 라고! 오! 구렁텅이로 떨어지는 당신을 구하기
위해 내가 이 세상, 아니, 온 세상에서 하지 못할 짓
은 아무 것도 없어요. 편지, 여기 있어요.

Your husband has never read it. He never shall read it. [*Going to fireplace.*] It should never have been written. [*Tears it and throws it into the fire.*]

LADY WINDERMERE [*with infinite contempt in her voice and look*] How do I know that that was my letter after all? You seem to think the commonest device can take me in![50]

MRS. ERLYNNE Oh! why do you disbelieve everything I tell you? What object do you think I have in coming here, except to save you from utter ruin, to save you from the consequence of a hideous mistake? That letter that is burnt now w*as* your letter. I swear it to you!

LADY WINDERMERE [*slowly*] You took good care to burn it before I had examined it. I cannot trust you. You, whose whole life is a lie, could you speak the truth about anything? [*Sits down.*]

MRS. ERLYNNE [*hurriedly*] Think as you like about me — say what you choose against me, but go back, go back to the husband you love.

LADY WINDERMERE [*sullenly*] I do NOT love him!

MRS. ERLYNNE You do, and you know that he loves you.

LADY WINDERMERE He does not understand what love is. He understands it as little as you do — but I see what you want.

---

50) take in: 속이다.

당신 남편은 그것을 읽은 적이 없어요. 앞으로도 읽지 못할 거예요. [벽난로로 간다.] 이런 편지는 쓰지 말았어야 했어요. [찢어 불 속에 넣는다.]

윈더미어 부인 [한없는 경멸의 목소리와 표정으로.] 그게 내 편지였다는 것을 어떻게 알지요? 가장 흔히 써먹는 수법으로 나를 속일 수 있다고 생각하시는 것 같은데!

얼린 여사 맙소사! 내가 당신에게 말하는 모든 것을 왜 믿지 않죠? 내가 어떤 목적으로 여기에 왔다고 생각하세요? 당신을 완전한 파멸에서 구하려는 목적 외에 뭐가 있겠어요? 당신을 실수로 인해 빚어지는 섬뜩한 결과로부터 구하려는 목적 외에? 지금 내가 태운 편지는 당신의 편지였어요. 맹세코!

윈더미어 부인 [천천히.] 그것을 살펴보기도 전에 태우다니 용의주도하시네요. 당신을 믿을 수 없어요. 인생 전체가 거짓말인 당신이, 감히 어떻게 진실 같은 것을 말할 수 있겠어요? [앉는다.]

얼린 여사 [서둘러서.] 마음대로 생각하세요. 내 말에 동의하지 않아도 좋아요. 하지만 돌아가요, 당신이 사랑하는 남편에게로 돌아가요.

윈더미어 부인 [부루퉁해서.] 나는 남편을 사랑하지 않아요!

얼린 여사 아니, 사랑하고 있어요. 그리고 당신 남편이 당신을 사랑하고 있다는 것을 알고 있어요.

윈더미어 부인 그이는 사랑이 무엇인지도 몰라요. 당신이 이해 못하듯이, 남편도 이해 못해요. 하지만 당신이 무엇을 원하는지 알아요.

It would be a great advantage for you to get me back. Dear Heaven! what a life I would have then! Living at the mercy of a woman who has neither mercy nor pity in her, a woman whom it is an infamy to meet, a degradation to know, a vile woman, a woman who comes between husband and wife!

MRS. ERLYNNE   [*with a gesture of despair*] Lady Windermere, Lady Windermere, don't say such terrible things. You don't know how terrible they are, how terrible and how unjust. Listen, you must listen! Only go back to your husband, and I promise you never to communicate with him again on any pretext[51] — never to see him — never to have anything to do with his life or yours. The money that he gave me, he gave me not through love, but through hatred, not in worship, but in contempt. The hold I have over him —

LADY WINDERMERE   [*rising*] Ah! you admit you have a hold!

MRS. ERLYNNE   Yes, and I will tell you what it is. It is his love for you, Lady Windermere.

LADY WINDERMERE   You expect me to believe that?

MRS. ERLYNNE   You must believe it! It is true. It is his love for you that has made him submit to — oh! call it what you like, tyranny, threats, anything you choose.

---

51) on any pretext: 어떤 구실로든.

내가 돌아가면, 당신에게 엄청나게 유리하겠지요. 맙소사! 그러면 내가 살 게 될 인생은 어떤 인생이지! 자비심도 연민의 감정도 없는 여자, 만나는 게 수치스런 여자, 아는 것이 품위를 손상시키는 여자, 남편과 부인 사이에 끼어든 여자, 그런 야비한 여자에게 휘둘린 채 살겠지!

얼린 여사 [절망의 몸짓으로.] 부인, 부인, 그렇게 소름끼치게 말하지 말아요. 그 말들이 얼마나 소름끼치는지, 얼마나 무섭고 얼마나 부당한지 당신은 몰라요. 당신은 내 말을 들어야만 해요! 남편에게 돌아가기만 하면, 당신에게 약속할게요. 어떤 구실로든 그와 왕래를 하지 않겠다고, 그를 만나지 않겠다고, 그의 인생 또는 당신의 인생과 어떤 연관도 맺지 않겠다고. 사랑 때문이 아니라 증오심 때문에, 숭배가 아니라 경멸 때문에 그는 나에게 돈을 줬어요. 내가 그를 꽉 잡고 있거든요 . . .

윈더미어 부인 [일어난다.] 아! 그이를 꽉 잡고 있다고 인정하네요!

얼린 여사 그래요. 그것의 진실을 밝힐게요. 부인, 그가 그렇게 된 건 당신을 사랑하기 때문이에요.

윈더미어 부인 내가 그것을 믿으리라 기대하세요?

얼린 여사 믿어야 해요! 그건 사실이에요. 당신은 그것을 횡포라고 할 수도, 위협이라 할 수도 있어요. 마음대로 생각하세요. 하지만 그가 내 말을 들을 수밖에 없었던 것은 당신에 대한 사랑 때문이에요.

	But it is his love for you. His desire to spare you — shame, yes, shame and disgrace.
LADY WINDERMERE	What do you mean? You are insolent! What have I to do with you?
MRS. ERLYNNE	[*humbly*] Nothing. I know it — but I tell you that your husband loves you — that you may never meet with such love again in your whole life — that such love you will never meet — and that if you throw it away, the day may come when you will starve for love and it will not be given to you, beg for love and it will be denied you — Oh! Arthur loves you!
LADY WINDERMERE	Arthur? And you tell me there is nothing between you?
MRS. ERLYNNE	Lady Windermere, before Heaven your husband is guiltless of all offence towards you! And I — I tell you that had it ever occurred to me that such a monstrous suspicion would have entered your mind, I would have died rather than have crossed your life or his — oh! died, gladly died! [*Moves away to sofa R.*]
LADY WINDERMERE	You talk as if you had a heart. Women like you have no hearts. Heart is not in you. You are bought and sold. [*Sits L.C.*]

어쨌든 그는 당신을 사랑해요 맞아요, 당신을 창피
스럽게 망신당하지 않게 하려는 것이 그의 뜻이에
요.

윈더미어 부인 무슨 말씀이시죠? 정말 무례하군요! 당신이 나에게
무슨 상관이죠?

얼린 여사 [겸손하게.] 아무 상관없어요 알아요 그러나 당신 남
편이 당신을 사랑한다는 건 말할 수 있어요 당신은
한 평생 다시는 그런 사랑을 결코 만날 수 없을 거예
요 다시는 만나지 못할 그러한 사랑 . . . 당신이
그것을 버린다면, 사랑에 목마를 날이 오게 될 거예
요 그런 사랑은 당신에게 다시는 주어지지 않을 거
예요 아무리 사랑을 구걸한다 해도 거부당할 거예
요 정말이에요! 아서는 당신을 사랑해요!

윈더미어 부인 아서가 말이에요? 당신 둘 사이에 아무 일도 없었다
고 나에게 말하는 거예요?

얼린 여사 윈더미어 부인, 하늘에 맹세컨대, 당신 남편은 당신
이 오해하는 어떤 잘못도 저지르지 않았어요! 당신
이 이렇게 흉측한 의심을 하리라 생각했더라면, 당
신의 인생, 아니 그의 인생에 끼어들기보다 나는 차
라리 죽었을 거예요 정말이지! 죽었을 거예요 기꺼
이. [소파 오른쪽으로 간다.]

윈더미어 부인 마치 심장이 있는 것처럼 말씀하시네요 당신과 같
은 여자들은 심장을 가지고 있지 않아요 당신에게
심장은 없어요 당신은 살 수도 있고 팔릴 수도 있
는 물건에 지나지 않아요 [중앙 왼쪽에 앉는다.]

MRS. ERLYNNE   [*starts, with a gesture of pain. Then restrains herself, and comes over to where* LADY WINDERMERE *is sitting. As she speaks, she stretches out her hands towards her, but does not dare to touch her*] Believe what you choose about me. I am not worth a moment's sorrow. But don't spoil your beautiful young life on my account! You don't know what may be in store for you, unless you leave this house at once. You don't know what it is to fall into the pit, to be despised, mocked, abandoned, sneered at — to be an outcast! to find the door shut against one, to have to creep[52) in by hideous byways[53), afraid every moment lest the mask should be stripped from[54) one's face, and all the while to hear the laughter, the horrible laughter of the world, a thing more tragic than all the tears the world has ever shed. You don't know what it is. One pays for one's sin, and then one pays again, and all one's life one pays. You must never know that. — As for me, if suffering be an expiation, then at this moment I have expiated all my faults, whatever they have been; for tonight you have made a heart in one who had it not, made it and broken it. —

---

52) creep in: 몰래 살금살금 기어들다.
53) by hideous byways: 무서운 골목길로.
54) be stripped from: ~로부터 벗겨지다.

얼린 여사 [놀라고 고통스러워한다. 그리고 참으면서, 윈더미어 부인이 앉아 있는 곳으로 간다. 그녀는 말하면서, 그녀를 향해 손을 뻗는다. 그러나 감히 잡지는 못한다.] 나에 대해서 마음대로 생각해요. 나는 잠시도 슬퍼할 가치가 없는 여자예요. 하지만 나 때문에 당신의 아름다운 젊은 인생을 망치지 말아요! 당장 이 집을 떠나지 않으면 당신에게 무슨 일이 일어날지 당신은 상상도 못할 거예요. 당신은 몰라요, 구렁텅이에 빠지는 것, 멸시를 당하는 것, 조롱을 당하는 것, 버림을 받는 것, 웃음거리가 되는 것, 그리고 사회에서 쫓겨나는 것을! 문이 누군가에게 닫혀있다는 것, 무서운 골목길로 숨죽이며 살살 걸어가야만 한다는 것이 어떤 건지. 마스크가 얼굴에서 벗겨지지 않도록 매 순간 신경 써야 하는 일, 사람들의 웃음소리, 잔혹하고도 무서운 웃음소리를 듣는 일, 세상 사람들이 지금껏 흘린 모든 눈물보다 더 비통한 일, 당신은 그런 게 뭔지 몰라요. 사람은 죄에 대한 대가를 치루고 또 치러요. 평생 치르죠. 당신은 그런 걸 알아서는 절대 안돼요. 고통이 속죄의 길이라면, 바로 이 순간 내가 저지른 모든 잘못들에 대해 벌을 받았어요, 그것들이 무엇이었든 간에. 오늘 밤 당신은 심장이 없었던 사람에게 심장을 만들어 줬어요. 그런데 그것을 만들어 주고는 깨버렸어요.

But let that pass. I may have wrecked my own life, but I will not let you wreck yours. You — why, you are a mere girl, you would be lost. You haven't got the kind of brains that enables a woman to get back. You have neither the wit nor the courage. You couldn't stand dishonour! No! Go back, Lady Windermere, to the husband who loves you, whom you love. You have a child, Lady Windermere. Go back to that child who even now, in pain or in joy, may be calling to you. [LADY WINDERMERE *rises*.] God gave you that child. He will require from you that you make his life fine, that you watch over him. What answer will you make to God if his life is ruined through you? Back to your house, Lady Windermere — your husband loves you! He has never swerved[55] for a moment from the love he bears you. But even if he had a thousand loves, you must stay with your child. If he was harsh to you, you must stay with your child. If he ill-treated you, you must stay with your child. If he abandoned you, your place is with your child.

[LADY WINDERMERE *bursts into tears and buries her face in her hands*.]

---

55) swerve: 벗어나게 하다, 빗나가게 하다(from).

하지만 넘어가요. 나 자신의 인생은 내가 망쳤을지 몰라도, 당신의 인생을 망치게 하지는 않을 거예요. 당신 . . . 그래, 당신은 아직 젊어요. 그러니 어쩔 줄 모르죠. 당신은 생각할 수 있는 힘이 부족해요. 그래서 집으로 돌아갈 생각을 할 수 없어요. 당신은 지력도, 용기도 없어요. 그러니 망신도 견뎌낼 수 없어요. 안 돼요! 당신, 당신을 사랑하는 남편, 당신이 사랑하는 남편에게 돌아가요. 당신, 당신에게는 아이가 있어요. 괴로우나, 즐거우나, 아니 이 순간조차도 당신의 책임인 그 아이에게 돌아가요. [윈더미어 부인은 일어선다.] 신이 당신에게 그 아이를 줬어요. 아이의 인생을 당신 때문에 망친다면 신에게 뭐라고 대답할래요? 집으로 돌아가세요. 당신 남편은 당신을 사랑해요! 한 순간도 당신에 대한 사랑에서 빗나간 적이 없어요. 그에게 수천 명의 애인이 있다고 해도, 당신은 아이와 함께 있어야 해요. 그가 당신을 가혹하게 한다 해도, 당신은 아이와 함께 있어야 해요. 그가 당신에게 못되게 군다고 해도, 당신은 아이와 함께 있어야 해요. 그가 당신을 버린다고 해도, 아이와 함께하는 게 당신의 위치예요.

[윈더미어 부인이 울음을 터트리면서 손으로 얼굴을 감싼다.]

[*Rushing to her.*] Lady Windermere!

LADY WINDERMERE [*holding out her hands to her, helplessly, as a child might do*] Take me home. Take me home.

MRS. ERLYNNE [*is about to embrace her. Then restrains herself. There is a look of wonderful joy in her face*] Come! Where is your cloak? [*Getting it from sofa.*] Here. Put it on. Come at once!

[*They go to the door.*]

LADY WINDERMERE Stop! Don't you hear voices?

MRS. ERLYNNE No, no! There was no one!

LADY WINDERMERE Yes, there is! Listen! Oh! that is my husband's voice! He is coming in! Save me! Oh, it's some plot[56]! You have sent for him.

[*Voices outside.*]

MRS. ERLYNNE Silence! I'm here to save you, if I can. But I fear it is too late! There! [*Points to the curtain across the window.*] The first chance you have, slip out, if you ever get a chance!

LADY WINDERMERE But you?

MRS. ERLYNNE Oh! never mind me. I'll face them.

---

56) plot: 음모.

[그녀에게 달려간다.] 부인!

윈더미어 부인 [어린아이처럼 그녀의 손을 얼린 여사에게 무력하게 내민다.] 집으로 데려다 주세요. 집에 갈래요.

얼린 여사 [그녀를 안으려 하다가 억제한다. 얼굴에 멋진 기쁨의 표정을 짓는다.] 갑시대 망토가 어디 있죠? [소파에서 그것을 집는다.] 여기 있네. 입어요. 당장 갑시다.

[그들은 문으로 향한다.]

윈더미어 부인 잠깐! 사람들 소리가 들리지 않나요?

얼린 여사 아니, 안 들리는데요! 아무도 없어요!

윈더미어 부인 맞아요, 들려요! 들어봐요! 맙소사! 남편 목소리네! 그이가 오다니! 구해주세요! 이런, 음모였군요! 당신이 그이를 불러 들였군요!

[밖에서 사람들 소리가 들린다.]

얼린 여사 조용히! 할 수 있다면 당신을 구하려고, 내가 여기에 있는 거예요. 너무 늦었나! 저기로! [창문에 쳐있는 커튼을 가리킨다.] 기회를 잡으면, 바로 빠져 나가요!

윈더미어 부인 그러면 당신은?

얼린 여사 아! 나는 상관 말아요. 그들과 용감하게 맞설 거예요.

[LADY WINDERMERE *hides herself behind the curtain.*]

LORD AUGUSTUS [*outside*] Nonsense, dear Windermere, you must not leave me!

MRS. ERLYNNE Lord Augustus! Then it is I who am lost! [*Hesitates for a moment, then looks round and sees door R., and exits through it.*]

[*Enter* LORD DARLINGTON, MR. DUMBY, LORD WINDERMERE, LORD AUGUSTUS LORTON, *and* MR. CECIL GRAHAM.]

DUMBY What a nuisance[57] their turning us out of the club at this hour! It's only two o'clock. [*Sinks into a chair.*] The lively part of the evening is only just beginning. [*Yawns and closes his eyes.*]

LORD WINDERMERE It is very good of you, Lord Darlington, allowing Augustus to force our company on[58] you, but I'm afraid I can't stay long.

LORD DARLINGTON Really! I am so sorry! You'll take a cigar, won't you?

LORD WINDERMERE Thanks! [*Sits down.*]

LORD AUGUSTUS [*to* LORD WINDERMERE] My dear boy, you must not dream of going. I have a great deal to talk to you about, of demmed importance, too. [*Sits down with him at L. table.*]

---

57) nuisance: 난처한 것, 귀찮은 행위.

58) force on: 떠맡기다.

[윈더미어 부인은 커튼 뒤에 숨는다.]

오거스터스 경 [밖에서.] 말도 안 돼, 윈더미어. 나를 두고 가버리면 절대 안 돼.

얼린 여사 오거스터스 경이네! 정말 당황스럽네! [잠시 주저한다. 그리고 둘러본다. 오른쪽 문을 본다. 그리고 그 문으로 나간다.]

[달링턴 경, 덤비 씨, 윈더미어 경, 오거스터스 경, 그리고 세실 그레이엄 씨가 들어온다.]

덤비 이 시간에 우리를 클럽에서 내쫓다니 정말 난처한 일이군! 겨우 두 신데. [의자에 털썩 앉는다.] 이제 신나는 저녁이 막 시작됐는데 말이야. [하품을 하고 눈을 감는다.]

윈더미어 경 달링턴 경, 오거스터스가 우리 무리를 몰고 온 것을 마다하지 않다니, 자네는 정말 착해. 그런데 나는 오래 머물 수 없을 것 같네.

달링턴 경 그래! 정말 유감이군! 시가 피울 시간은 있겠지, 그렇지 않아?

윈더미어 경 고마워! [앉는다.]

오거스터스 경 [윈더미어 경에게.] 여보게, 갈 생각은 꿈도 꾸지 말게. 이야기할 게 정말 많아. 게다가 정말 중요한 거야. [식탁 왼쪽에 그와 함께 앉는다.]

CECIL GRAHAM	Oh! We all know what that is! Tuppy can't talk about anything but Mrs. Erlynne.
LORD WINDERMERE	Well, that is no business of yours, is it, Cecil?
CECIL GRAHAM	None! That is why it interests me. My own business always bores me to death. I prefer other people's.
LORD DARLINGTON	Have something to drink, you fellows. Cecil, you'll have a whisky and soda?
CECIL GRAHAM	Thanks. [*Goes to table with* LORD DARLINGTON.] Mrs. Erlynne looked very handsome tonight, didn't she?
LORD DARLINGTON	I am not one of her admirers.
CECIL GRAHAM	I usen't to be, but I am now. Why! she actually made me introduce her to poor dear Aunt Caroline. I believe she is going to lunch there.
LORD DARLINGTON	[*in surprise*] No?
CECIL GRAHAM	She is, really.
LORD DARLINGTON	Excuse me, you fellows. I'm going away tomorrow. And I have to write a few letters. [*Goes to writing-table and sits down.*]
DUMBY	Clever woman, Mrs. Erlynne.
CECIL GRAHAM	Hallo, Dumby! I thought you were asleep.
DUMBY	I am, I usually am!
LORD AUGUSTUS	A very clever woman. Knows perfectly well what a demmed fool I am — knows it as well as I do myself.

세실 그레이엄 야! 우리 모두 그게 뭔지 알아! 터피, 자네는 얼린 여사에 대한 것 빼면 아무 것도 이야기할 게 없어.

윈더미어 경 그런데, 세실, 자네가 상관할 바 아니잖아?

세실 그레이엄 아니지! 그래서 재미있어. 내 자신 일은 언제나 죽을 정도로 지겹거든. 남의 일이 더 재미있어.

달링턴 경 여보게들 뭐 좀 마시세. 세실, 위스키에 소다수를 탈까?

세실 그레이엄 고마워. [달링턴 경과 함께 식탁으로 간다.] 오늘 밤 얼린 여사는 정말 멋져 보였어, 그렇지 않았나?

달링턴 경 난 그녀 팬이 아니네.

세실 그레이엄 과거에는 나도 아니었어. 그런데 지금은 팬이야. 어때! 사실, 얼린 여사가 나한테 자기를 불쌍한 캐롤라인 아줌마한테 소개하게 만들었어. 여사는 오늘 아줌마 집으로 점심하러 갈 거야.

달링턴 경 [놀라서.] 그럴 리가?

세실 그레이엄 정말, 갈 거야.

달링턴 경 여보게들, 먼저 실례하겠네. 내일 떠날 예정이야. 그래서 편지 서너 통을 써야겠어. [책상에 가서 앉는다.]

담비 얼린 여사는 영리한 여자야.

세실 그레이엄 안녕, 담비! 잠들었다고 생각했어.

담비 맞아, 난 늘 그래!

오거스터스 경 정말 영리한 여자지. 그녀는 내가 얼마나 형편없는 바보인지 완벽하게 알고 있어. 나만큼 잘 알고 있지.

[CECIL GRAHAM *comes towards him laughing.*]

Ah, you may laugh, my boy, but it is a great thing to come across a woman who thoroughly understands one.

DUMBY   It is an awfully dangerous thing. They always end by marrying one.

CECIL GRAHAM   But I thought, Tuppy, you were never going to see her again! Yes! you told me so yesterday evening at the club. You said you'd heard —

[*Whispering to him.*]

LORD AUGUSTUS   Oh, she's explained that.

CECIL GRAHAM   And the Wiesbaden affair?

LORD AUGUSTUS   She's explained that too.

DUMBY   And her income, Tuppy? Has she explained that?

LORD AUGUSTUS   [*in a very serious voice*] She's going to explain that tomorrow.

[CECIL GRAHAM *goes back to C. table.*]

DUMBY   Awfully commercial, women nowadays. Our grandmothers threw their caps over the mills, of course, but, by Jove, their granddaughters only throw their caps over mills that can raise the wind for them.

[세실 그레이엄이 웃으면서 그에게로 간다.]

그래, 웃어도 좋아, 친구. 하지만 속속들이 나를 이해하는 여자를 만난 것은 굉장한 일이야.

담비 그건 정말 위험해. 결혼으로 항상 끝이 나거든.

세실 그레이엄 그런데, 터피, 나는 자네가 그녀를 다시는 만나지 않을 줄 알았어! 맞아! 당신이 클럽에서 어제 저녁에 나한테 그렇게 말했잖아. 자네가 뭔가를 들었다고 말했어.

[그에게 귓속말한다.]

오거스터스 경 아, 그녀가 그것에 대해서 해명했어.

세실 그레이엄 그러면 위에스바텐 사건도?

오거스터스 경 물론 해명했지.

담비 그리고 터피, 그녀의 수입은? 그것도 밝혔어?

오거스터스 경 [매우 진지한 목소리로.] 그 문제는 내일 해명할 거야.

[세실 그레이엄은 무대 중앙 식탁으로 간다.]

담비 요즘 여자들은 정말 실리적이야. 우리 할머니들은 기뻐서 모자를 방앗간에 던져 올렸는데, 주피터에 맹세코, 할머니들의 손녀딸들은 자신들을 위해 바람을 일으키려고 모자를 방앗간에 던져 올린다네.

LORD AUGUSTUS	You want to make her out[59] a wicked woman. She is not!
CECIL GRAHAM	Oh! Wicked women bother one. Good women bore one. That is the only difference between them.
LORD AUGUSTUS	[*puffing a cigar*] Mrs. Erlynne has a future before her.
DUMBY	Mrs. Erlynne has a past before her.
LORD AUGUSTUS	I prefer women with a past. They're always so demmed amusing to talk to.
CECIL GRAHAM	Well, you'll have lots of topics of conversation with *her,* Tuppy. [*Rising and going to him.*]
LORD AUGUSTUS	You're getting annoying, dear boy; you're getting demmed annoying.
CECIL GRAHAM	[*puts his hands on his shoulders*] Now, Tuppy, you've lost your figure and you've lost your character. Don't lose your temper; you have only got one.
LORD AUGUSTUS	My dear boy, if I wasn't the most good-natured man in London —
CECIL GRAHAM	We'd treat you with more respect, wouldn't we, Tuppy? [*Strolls away.*]
DUMBY	The youth of the present day are quite monstrous. They have absolutely no respect for dyed hair[60]. [LORD AUGUSTUS *looks round angrily.*]

---

59) make out: 이해하다, 증명하다, 믿게 하다.

60) dyed hair: 예전에는 머리 염색은 노인이 했음. 노인이라는 의미.

오거스터스 경	당신은 그녀가 사악한 여자라고 증명하고 싶어 해. 그렇지 않아, 그녀는!
세실 그레이엄	저런! 사악한 여자들은 사람들을 귀찮게 만들고, 착한 여자들은 사람들을 지겹게 만들어. 그게 차이일 뿐이지.
오거스터스 경	[시가를 피운다.] 얼린 여사에게는 미래가 있어.
담비	얼린 여사에게는 과거도 있지.
오거스터스 경	나는 과거를 가진 여자가 더 좋아. 그 여자들과 이야기하면, 정말 재미있거든. 언제든지.
세실 그레이엄	어, 터피, 그 여자와 얘기하면 화제 거리가 정말 많을 거야! [일어나서 그에게로 간다.]
오거스터스 경	자네, 날 점점 짜증나게 만드네. 미치도록.
세실 그레이엄	[그의 어깨에 손을 얹는다.] 자, 터피, 자네는 몸매만 망가진게 아니군. 성격까지 망쳤군. 화내지 말게. 자네는 단지 성미가 급할 뿐일세.
오거스터스 경	친구, 내가 런던에서 제일 성격 좋은 사내야. 그렇지 않았더라면 . . .
세실 그레이엄	자네를 더 존중해서 대할 텐데. 그렇지 않을까, 터피?
담비	요즘 젊은이들은 정말 어처구니없어. 노인에 대한 존경심이 전혀 없어. [오거스터스 경은 화가나 주변을 둘러본다.]

CECIL GRAHAM	Mrs. Erlynne has a very great respect for dear Tuppy.
DUMBY	Then Mrs. Erlynne sets an admirable example to[61] the rest of her sex. It is perfectly brutal the way most women nowadays behave to men who are not their husbands.
LORD WINDERMERE	Dumby, you are ridiculous, and Cecil, you let your tongue run away with you. You must leave Mrs. Erlynne alone. You don't really know anything about her, and you're always talking scandal against her.
CECIL GRAHAM	[*coming towards him L.C.*] My dear Arthur, I never talk scandal. *I* only talk gossip.
LORD WINDERMERE	What is the difference between scandal and gossip?
CECIL GRAHAM	Oh! gossip is charming! History is merely gossip. But scandal is gossip made tedious by morality. Now, I never moralise. A man who moralises is usually a hypocrite, and a woman who moralises is invariably plain[62]. There is nothing in the whole world so unbecoming to a woman as a Nonconformist conscience. And most women know it, I'm glad to say.
LORD AUGUSTUS	Just my sentiments, dear boy, just my sentiments.
CECIL GRAHAM	Sorry to hear it, Tuppy; whenever people agree with me, I always feel I must be wrong.

---

61) set a good example to: ~에게 좋은 본을 보이다.
62) plain: 못생긴.

세실 그레이엄	얼린 여사는 터피에게 굉장한 존경심을 가지고 있어.
담비	그렇다면 얼린 여사는 다른 여성들의 훌륭한 본보기네. 대부분의 여자들은 요즘 자기 남편이 아닌 남자들에게는 정말 가차 없이 행동하거든.
윈더미어 경	담비, 당신은 진짜 엉뚱해. 그리고 세실, 당신은 제멋대로 지껄여. 제발 얼린 여사를 내버려 두게. 여사에 대해 정말로 아무 것도 모르잖아. 그런데도 항상 그녀에게 불리한 스캔들만 만들어 내지.
세실 그레이엄	[무대 중앙 왼쪽으로 간다.] 친애하는 아서, 나는 스캔들을 한 번도 만든 적이 없네. 단지 가십으로 삼을 뿐이지.
윈더미어 경	스캔들과 가십의 차이가 뭐지?
세실 그레이엄	음! 가십은 매력적이야. 역사란 가십에 지나지 않아. 반면, 스캔들이란 도덕으로 채색된 따분해진 가십이지. 자, 나는 도덕을 가르칠 생각은 없어. 도덕을 가르치는 남자는 보통 위선자야. 그리고 도덕을 가르치는 여자는 항상 못생겼어. 이 세상에 어떤 것도 비국교도의 양심만큼 여자에게 어울리지 않는 것은 없어. 거의 모든 여자들이 그걸 알지.
오거스터스 경	바로 그게 내 생각이야. 내 생각.
세실 그레이엄	터피, 자네가 그렇게 말하니 유감일세. 사람들이 나와 의견이 맞을 때 마다 틀림없이 내가 틀렸다고 항상 느끼거든.

LORD AUGUSTUS	My dear boy, when I was your age —
CECIL GRAHAM	But you never were, Tuppy, and you never will be. [*Goes up C.*] I say, Darlington, let us have some cards. You'll play, Arthur, won't you?
LORD WINDERMERE	No, thanks, Cecil.
DUMBY	[*with a sigh*] Good heavens! how marriage ruins a man! It's as demoralising as cigarettes, and far more expensive.
CECIL GRAHAM	You'll play, of course, Tuppy?
LORD AUGUSTUS	[*pouring himself out a brandy and soda at table*] Can't, dear boy. Promised Mrs. Erlynne never to play or drink again.
CECIL GRAHAM	Now, my dear Tuppy, don't be led astray into[63] the paths of virtue. Reformed, you would be perfectly tedious. That is the worst of women. They always want one to be good. And if we are good, when they meet us, they don't love us at all. They like to find us quite irretrievably bad, and to leave us quite unattractively good.
LORD DARLINGTON	[*rising from R. table, where he has been writing letters*] They always do find us bad!
DUMBY	I don't think we are bad. I think we are all good, except Tuppy.

---

63) be led astray into: 타락의 길로 이끌어지다.

오거스터스 경   여보게, 내가 자네 나이였을 때 . . .

세실 그레이엄   그런데 터피, 자네는 한 번도 나와 같은 나이였던
　　　　　　　 적이 없어. 앞으로도 그럴 거고 [중앙으로 간다.] 달링
　　　　　　　 턴, 카드놀이 하자. 아서, 같이 할 거지?

윈더미어 경   아니, 안하겠어. 세실.

담비   [한숨을 쉰다.] 맙소사! 이렇게 결혼이 사람을 형편없
　　　　 이 만들다니! 담배만큼이나 타락시키면서 훨씬 비싸
　　　　 게 먹히지.

세실 그레이엄   터피, 물론 카드놀이 할 거지?

오거스터스 경   [식탁에 브랜디와 소다를 쏟는다.] 못해. 이 친구야. 얼린
　　　　　　　 여사와 다시는 카드놀이도 하지 않고, 술도 마시지
　　　　　　　 않겠다고 약속 했거든.

세실 그레이엄   어, 터피, 덕의 길로 잘못 들어서지 말게. 개심하면,
　　　　　　　 자네는 완벽히 따분해지고 말거야. 그건 여자들이
　　　　　　　 최악으로 생각하는 거야. 여자들은 항상 남자들이
　　　　　　　 착하기를 원해. 그런데 여자들이 우리를 만날 때, 우
　　　　　　　 리가 착한 것을 알게 되면 우릴 절대 사랑하지 않
　　　　　　　 아. 개심할 수 없을 정도로 우리가 사악한 것을 좋
　　　　　　　 아하거든. 그러면서도 여자들은 매력을 찾아볼 수
　　　　　　　 없을 정도로 우리를 착하게 만들어 버려.

달링턴 경   [편지를 쓰고 있던 책상 오른쪽에서 일어난다.] 여자들은
　　　　　　 항상 우리가 사악하다고 생각해!

담비   난 우리가 사악하다고 생각하지 않는데. 터피만 빼
　　　　 고 우리 모두 착해.

LORD DARLINGTON	No, we are all in the gutter, but some of us are looking at the stars. [*Sits down at C. table.*]
DUMBY	We are all in the gutter, but some of us are looking at the stars? Upon my word, you are very romantic tonight, Darlington.
CECIL GRAHAM	Too romantic! You must be in love. Who is the girl?
LORD DARLINGTON	The woman I love is not free, or thinks she isn't. [*Glances instinctively at* LORD WINDERMERE *while he speaks.*]
CECIL GRAHAM	A married woman, then! Well, there's nothing in the world like the devotion of a married woman. It's a thing no married man knows anything about.
LORD DARLINGTON	Oh! she doesn't love me. She is a good woman. She is the only good woman I have ever met in my life.
CECIL GRAHAM	The only good woman you have ever met in your life?
LORD DARLINGTON	Yes!
CECIL GRAHAM	[*lighting a cigarette*] Well, you are a lucky fellow! Why, I have met hundreds of good women. I never seem to meet any but good women. The world is perfectly packed with good women. To know them is a middle-class education.

달링턴 경   아니야, 우리는 모두 술에 절어 있어. 그래도 그 중 몇은 별들을 바라보고 있지. [중앙 식탁에 앉는다.]

담비   우리들이 모두 술에 절어 있고, 그중 몇 명만 별들을 바라본다고? 달링턴, 맹세코, 자네는 오늘 밤 정말 낭만적이네.

세실 그레이엄   지나치게 낭만적이야! 사랑을 하고 있음에 틀림없어. 상대가 누구지?

달링턴 경   내가 사랑하는 여자는 자유롭지 않아. 아니야, 그녀 스스로 자유롭지 않다고 생각해.

[말하면서 본능적으로 윈더미어 경을 흘낏 본다.]

세실 그레이엄   혹시, 유부녀! 어, 유부녀의 순정 같은 것은 세상에 없어. 어떤 유부남도 그 점에 대해 장담 못하지.

달링턴 경   아! 그녀는 나를 사랑하지 않아. 그녀는 착한 여자야. 일생동안 내가 만난 여자 중에서 유일하게 착한 여자야.

세실 그레이엄   일생 당신이 만난 여자들 중 유일하게 착한 여자라고?

달링턴 경   맞아!

세실 그레이엄   [담배에 불을 붙인다.] 당신은 운 좋은 사내네! 나는 수 없이 착한 여자들을 만나왔어. 착한 여자가 아닌 여자는 만난 적이 없는 것 같은데. 세상은 착한 여자로 꽉 차 있어. 그들을 식별할 수 있는 건 중산계층 교육 덕분이지.

LORD DARLINGTON	This woman has purity and innocence. She has everything we men have lost.
CECIL GRAHAM	My dear fellow, what on earth should we men do going about with purity and innocence? A carefully thought-out buttonhole is much more effective.
DUMBY	She doesn't really love you then?
LORD DARLINGTON	No, she does not!
DUMBY	I congratulate you, my dear fellow. In this world there are only two tragedies. One is not getting what one wants, and the other is getting it. The last is much the worst; the last is a real tragedy! But I am interested to hear she does not love you. How long could you love a woman who didn't love you, Cecil?
CECIL GRAHAM	A woman who didn't love me? Oh, all my life!
DUMBY	So could I. But it's so difficult to meet one.
LORD DARLINGTON	How can you be so conceited, Dumby?
DUMBY	I didn't say it as a matter of conceit. I said it as a matter of regret. I have been wildly, madly adored. I am sorry I have. It has been an immense nuisance. I should like to be allowed a little time to myself now and then.
LORD AUGUSTUS	[*looking round*] Time to educate yourself, I suppose.

달링턴 경   그녀는 깨끗하고 순진해. 우리 인간들이 잃어버린
　　　　　　모든 것을 가지고 있어.

세실 그레이엄   친구, 우리 남자들이 순수하고 순진한 여자와 도대
　　　　　　체 무엇 때문에 교제를 하는 거야? 세심하게 신경
　　　　　　써서 단추 구멍에 꽃 장식을 하는 것이 훨씬 더 효
　　　　　　과 적인데.

담비   그러면 그녀가 자네를 정말로 사랑하지 않는 거야?

달링턴 경   맞아, 사랑 안 해.

담비   내 사랑하는 친구, 축하하네. 이 세상에는 두 경우의
　　　　　　비극뿐이 없네. 자신이 원하는 것을 자기가 갖지 못
　　　　　　하는 경우와, 다른 사람이 그것을 가지는 경우지. 후
　　　　　　자가 훨씬 최악이야. 후자가 진짜 비극이야! 그녀가
　　　　　　당신을 사랑하지 않는다는 말을 들으니 호기심이 생
　　　　　　기는데! 세실, 당신을 사랑하지 않았던 여자를 얼마
　　　　　　나 오래 사랑할 수 있겠어?

세실 그레이엄   나를 사랑하지 않았던 여자? 어, 일생 내내 사랑할
　　　　　　수 있어.

담비   나도 그래. 그런데 그런 사람을 만나는 건 정말 어
　　　　　　려워.

달링턴 경   담비, 자네는 어떻게 그렇게 자신만만하지?

담비   그건 자신만만의 문제가 아니야. 유감의 문제지. 격
　　　　　　렬하게 미치도록 누군가가 나를 흠모하고 있어. 그
　　　　　　래서 유감이야. 엄청나게 성가시거든. 때때로 나만의
　　　　　　시간을 조금이라도 가지고 싶어.

오거스터스 경 [주위를 보면서.] 추측컨대, 수양할 시간?

DUMBY	No, time to forget all I have learned. That is much more important, dear Tuppy. [LORD AUGUSTUS *moves uneasily in his chair.*]
LORD DARLINGTON	What cynics you fellows are!
CECIL GRAHAM	What is a cynic? [*Sitting on the back of the sofa.*]
LORD DARLINGTON	A man who knows the price of everything and the value of nothing.
CECIL GRAHAM	And a sentimentalist, my dear Darlington, is a man who sees an absurd value in everything, and doesn't know the market price of any single thing.
LORD DARLINGTON	You always amuse me, Cecil. You talk as if you were a man of experience.
CECIL GRAHAM	I am. [*Moves up to front off fireplace.*]
LORD DARLINGTON	You are far too young!
CECIL GRAHAM	That is a great error. Experience is a question of instinct about life. I have got it. Tuppy hasn't. Experience is the name Tuppy gives to his mistakes. That is all. [LORD AUGUSTUS *looks round indignantly.*]
DUMBY	Experience is the name every one gives to their mistakes.
CECIL GRAHAM	[*standing with his back to the fireplace*] One shouldn't commit any. [*Sees* LADY WINDERMERE'S *fan on sofa.*]

담비 　아니, 내가 배웠던 모든 것을 잊어버릴 시간. 터피, 그게 훨씬 더 중요해.

[오거스터스 경은 기분이 나빠져 자신의 자리로 돌아간다.]

달링턴 경 　자네들은 정말 냉소적이야!

세실 그레이엄 　냉소적인 사람은 어떤 사람이지? [소파에 기대어 앉는다.]

달링턴 경 　모든 것의 가치를 알면서 동시에 무의 가치를 아는 사람이지.

세실 그레이엄 　달링턴, 감상주의자란 모든 것에서 엉뚱한 가치를 찾아내면서, 단 하나의 시장 가격도 모르는 사람이야.

달링턴 경 　세실, 자네는 항상 나를 즐겁게 만들어. 항상 경험자처럼 말하거든.

세실 그레이엄 　나는 경험자야. [벽난로 앞으로 간다.]

달링턴 경 　그러기에는 너무 젊어!

세실 그레이엄 　그렇게 말하는 건 큰 실수지. 경험이란 인생에 대한 직감의 문제거든. 나한테는 그게 있는데, 터피에게는 없어. 경험이란 터피가 자신의 실수에다가 붙인 통칭이지. 그뿐이야. [오거스터스 경은 화가 나서 주위를 본다.]

담비 　경험이란 모든 사람이 자신의 실수에 붙인 통칭이라네.

세실 그레이엄 　[벽난로에 등을 대고 서 있다.] 사람은 어떤 실수도 해서는 안 돼. [윈더미어 부인의 부채를 소파에서 본다.]

DUMBY	Life would be very dull without them.
CECIL GRAHAM	Of course you are quite faithful to this woman you are in love with, Darlington, to this good woman?
LORD DARLINGTON	Cecil, if one really loves a woman, all other women in the world become absolutely meaningless to one. Love changes one — *I* am changed.
CECIL GRAHAM	Dear me! How very interesting! Tuppy, I want to talk to you. [LORD AUGUSTUS *takes no notice.*]
DUMBY	It's no use talking to Tuppy. You might just as well talk to a brick wall.
CECIL GRAHAM	But I like talking to a brick wall — it's the only thing in the world that never contradicts me! Tuppy!
LORD AUGUSTUS	Well, what is it? What is it? [*Rising and going over to* CECIL GRAHAM.]
CECIL GRAHAM	Come over here. I want you particularly. [*Aside.*] Darlington has been moralising and talking about the purity of love, and that sort of thing, and he has got some woman in his rooms all the time.
LORD AUGUSTUS	No, really! really!
CECIL GRAHAM	[*in a low voice*] Yes, here is her fan. [*Points to the fan.*]
LORD AUGUSTUS	[*chuckling*] By Jove! By Jove!
LORD WINDERMERE	[*up by door*] I am really off now, Lord Darlington. I am sorry you are leaving England so soon. Pray call on us when you come back! My wife and I will be charmed to see you!

담비   실수를 하지 않으면 인생은 정말 따분해.

세실 그레이엄   달링턴, 자네는 자네가 사랑하는 그 여자, 그 착한 여자에게 물론 꽤 충실하겠지?

달링턴 경   세실, 한 여자를 정말로 사랑하면, 세상에 모든 다른 여자들은 아무 의미도 없어져. 사랑은 사람을 변화시켜. 나는 변했어.

세실 그레이엄   맙소사! 정말 재미있어! 터피, 자네에게 얘기하고 싶어. [오거스터스 경은 눈치 채지 못한다.]

담비   터피한테 이야기해야 소용없어. 벽돌 벽에 이야기하는 것과 마찬가지거든.

세실 그레이엄   그런데 난 벽돌 벽과 이야기 하는 것을 좋아해. 세상에서 유일하게 나한테 대들지 않거든. 터피!

오거스터스 경   이것 참, 뭔데? 뭔데 그래? [일어서서 세실 그레이엄에게 가려한다.]

세실 그레이엄   이리 좀 와보게. 특히 오거스터스 경. [방백으로.] 달링턴이 도덕을 가르치고, 사랑의 순수, 그러한 것에 대해 말을 하고 있네. 자기 방에 내내 어떤 여자를 숨겨 놨어.

오거스터스 경   아니야, 그럴 리가! 그럴 리가!

세실 그레이엄   [낮은 목소리로.] 그래, 여기 부채가 있어. [부채를 가리킨다.]

오거스터스 경   [낄낄 웃는다.] 맙소사, 맙소사!

윈더미어 경   [바로 문 옆에서.] 난 정말 가네, 달링턴 경. 영국을 곧 떠난다고 하니 섭섭하네. 돌아오면 꼭 들리게! 내 처와 내가 당신을 다시 만나면 정말 기쁠 거야!

LORD DARLINGTON	[*up sage with* LORD WINDERMERE] I am afraid I shall be away for many years. Good-night!
CECIL GRAHAM	Arthur!
LORD WINDERMERE	What?
CECIL GRAHAM	I want to speak to you for a moment. No, do come!
LORD WINDERMERE	[*putting on his coat*] I can't — I'm off!
CECIL GRAHAM	It is something very particular. It will interest you enormously.
LORD WINDERMERE	[*smiling*] It is some of your nonsense, Cecil.
CECIL GRAHAM	It isn't! It isn't really.
LORD AUGUSTUS	[*going to him*] My dear fellow, you mustn't go yet. I have a lot to talk to you about. And Cecil has something to show you.
LORD WINDERMERE	[*walking over*] Well, what is it?
CECIL GRAHAM	Darlington has got a woman here in his rooms. Here is her fan. Amusing, isn't it? [*A pause.*]
LORD WINDERMERE	Good God! [*Seizes the fan* — DUMBY *rises.*]
CECIL GRAHAM	What is the matter?
LORD WINDERMERE	Lord Darlington!
LORD DARLINGTON	[*turning round*] Yes!
LORD WINDERMERE	What is my wife's fan doing here in your rooms? Hands off, Cecil. Don't touch me.
LORD DARLINGTON	Your wife's fan?
LORD WINDERMERE	Yes, here it is!
LORD DARLINGTON	[*walking towards him*] I don't know!

달링턴 경   [무대 뒤 쪽 윈더미어 경과 함께.] 여러 해 떠나 있게 될
           것 같네. 잘 있게!

세실 그레이엄   아서!

윈더미어 경   왜 그래?

세실 그레이엄   잠시 당신과 얘기하고 싶어. 자, 이리로 와 봐!

윈더미어 경   [코트를 입으면서.] 그럴 수 없어. 나는 가보겠네!

세실 그레이엄   정말 특별한 거야. 굉장히 흥미로울 텐데.

윈더미어 경   [웃으면서.] 세실, 허튼 소리 말게.

세실 그레이엄   허튼 소리가 아니야. 정말 아니라고

오거스터스 경   [그에게로 다가간다.] 친구, 아직 가면 안 돼. 당신한테
           할 말이 정말 많아. 그리고 세실이 당신한테 보여줄
           게 있어.

윈더미어 경   [걸어간다.] 자, 뭔데 그래?

세실 그레이엄   달링턴이 바로 여기, 자기 방 안에 여자를 숨겨두고
           있어. 여기 그녀의 부채가 있어. 재미있지 않아?

윈더미어 경   맙소사! [부채를 움켜쥔다. 담비가 일어난다.]

세실 그레이엄   왜 그래?

윈더미어 경   달링턴 경!

달링턴 경   [돌아선다.] 왜?

윈더미어 경   내 아내의 부채가 왜 당신 방에 있지? 손 치워, 세
           실. 나를 건드리지 마.

달링턴 경   자네 처의 부채가?

윈더미어 경   그래, 여기 있잖아!

달링턴 경   [그를 향해 걸어간다.] 나는 모르는 일인데!

LORD WINDERMERE	You must know. I demand an explanation. Don't hold me, you fool. [*To* CECIL GRAHAM.]
LORD DARLINGTON	[*aside*] She is here after all!
LORD WINDERMERE	Speak, sir! Why is my wife's fan here? Answer me! By God! I'll search your rooms, and if my wife's here, I'll — [*Moves.*]
LORD DARLINGTON	You shall not search my rooms. You have no right to do so. I forbid you!
LORD WINDERMERE	You scoundrel! I'll not leave your room till I have searched every corner of it! What moves behind that curtain? [*Rushes towards the curtain C.*]
MRS. ERLYNNE	[*enters behind R.*] Lord Windermere!
LORD WINDERMERE	Mrs. Erlynne!

[*Every one starts and turns round.* LADY WINDERMERE *slips out from behind the curtain and glides from the room L.*]

MRS. ERLYNNE	I am afraid I took your wife's fan in mistake for my own, when I was leaving your house tonight. I am so sorry. [*Takes fan from him.* LORD WINDERMERE *looks at her in contempt.* LORD DARLINGTON *in mingled astonishment and anger.* LORD AUGUSTUS *turns away. The other men smile at each other.*]

ACT DROP

윈더미어 경   알고 있으면서. 해명해! 나를 잡지 마, 바보 멍청이 같으니라고 [세실 그레이엄에게.]

달링턴 경   [방백으로.] 마침내 그녀가 왔잖아!

윈더미어 경   말 좀 해봐! 내 아내의 부채가 왜 여기 있는 거지? 대답 좀 해 봐! 맙소사. 자네 방을 샅샅이 뒤져야겠어. 내 아내가 여기 있으면, 난 − [움직인다.]

달링턴 경   내 방을 뒤질 수 없어. 자네한테는 그럴 권리가 없어. 절대 안 돼!

윈더미어 경   불한당 같으니라고! 방 구석구석을 다 뒤질 때까지 자네 방을 절대 안 떠날 거야! 커튼 뒤에서 움직이는 게 뭐지? [커튼 중앙으로 달려간다.]

얼린 여사   [오른쪽 뒤에서 나온다.] 윈더미어 경!

윈더미어 경   얼린 여사!

[모든 사람이 놀라 뒤를 돌아본다. 윈더미어 부인은 커튼 뒤로 빠져나가 방 왼쪽으로 미끄러지듯 나간다.]

얼린 여사   오늘 밤 당신 집에서 막 나오면서, 실수로 당신 아내의 부채를 내 부채인 줄로 착각했어요. 정말 미안해요. [그에게서 부채를 뺏는다. 경멸의 눈으로 그녀를 쳐다보는 윈더미어 경. 놀람과 분노가 뒤섞인 달링턴 경. 오거스터스 경은 외면한다. 다른 남자들은 서로 보고 웃는다.]

막이 내린다.

FOURTH ACT

SCENE

Same as in Act I.

LADY WINDERMERE   *[lying on sofa]* How can I tell him? I can't tell him. It would kill me. I wonder what happened after I escaped from that horrible room. Perhaps she told them the true reason of her being there, and the real meaning of that — fatal fan of mine. Oh, if he knows — how can I look him in the face again? He would never forgive me. *[Touches bell.]* How securely one thinks one lives — out of reach of temptation, sin, folly. And then suddenly — Oh! Life is terrible. It rules us, we do not rule it.

[Enter ROSALIE R.*]*

4막

장면

1막과 동일

윈더미어 부인   [소파에 앉아 있다.] 그이에게 어떻게 말하지? 말할 수 없어. 정말 괴로울 거야. 그 무서운 방에서 피신한 후 무슨 일이 벌어 졌는지 궁금하네. 아마 자신이 거기에 있을 수밖에 없었던 이유를 솔직히 말했을 거야. 그리고 운명의 내 부채가 왜 거기에 있었던지 얼린 여사는 사실대로 그들에게 말했을 거야. 어찌하나, 그가 알면 . . . 다시 어떻게 그의 얼굴을 마주한담? 나를 절대 용서하지 않을 거야. [벨을 누른다.] 사람들은 유혹에 빠지지 않고, 죄를 짓지 않고, 바보짓을 하지 않으면서, 정말 안전하게 살아가고 있다고 착각하지. 그러다 갑자기, 맙소사, 인생이란 가혹해. 가혹한 인생이 우리를 지배 해. 우리가 그걸 지배하지는 못하지.

[오른쪽에서 로잘리가 들어온다.]

ROSALIE   Did your ladyship ring for me?

LADY WINDERMERE   Yes. Have you found out at what time Lord Windermere came in last night?

ROSALIE   His lordship did not come in till five o'clock.

LADY WINDERMERE   Five o'clock? He knocked at my door this morning, didn't he?

ROSALIE   Yes, my lady — at half-past nine. I told him your ladyship was not awake yet.

LADY WINDERMERE   Did he say anything?

ROSALIE   Something about your ladyship's fan. I didn't quite catch what his lordship said. Has the fan been lost, my lady? I can't find it, and Parker says it was not left in any of the rooms. He has looked in all of them and on the terrace as well.

LADY WINDERMERE   It doesn't matter. Tell Parker not to trouble. That will do.64) [*Exit* ROSALIE.]

LADY WINDERMERE   [*rising*] She is sure to tell him. I can fancy a person doing a wonderful act of self-sacrifice, doing it spontaneously, recklessly, nobly — and afterwards finding out that it costs too much. Why should she hesitate between her ruin and mine? . . . How strange! I would have publicly disgraced her in my own house. She accepts public disgrace in the house of another to save me. . . .

---

64) that will do: 그것으로 좋다, 됐다, 쓸 만하다.

로잘리   마님께서 부르셨나요?

원더미어 부인 그래. 윈더미어 경이 지난 밤 몇 시에 들어오셨니?

로잘리   주인님께서는 5시까지 들어오시지 않으셨어요.

원더미어 부인 5시. 경이 오늘 아침에 내 방문을 두드리지 않았니?

로잘리   맞아요, 마님 . . . 9시 30분에요. 마님께서 아직 일
          어나지 않았다고 말씀드렸어요.

원더미어 부인 무슨 말씀 없으셨니?

로잘리   마님의 부채에 대해서 뭐라 하셨어요. 주인님이 무
          슨 말씀을 하시는지를 이해할 수 없었어요. 마님, 부
          채를 잃어버리셨나요? 저는 찾을 수가 없어요. 파커
          도 어느 방에도 없다고 했어요. 방 뿐만 아니라 테
          라스도 찾아보았대요.

원더미어 부인 상관없어. 파커에게 신경 쓸 것 없다고 전해. 됐어.

          [로잘리는 나간다.]

원더미어 부인 [일어난다.] 얼린 여사는 분명히 그에게 말했을 거야.
          자발적으로, 위험을 개의치 않으면서, 고귀하게 자기
          희생이라는 멋진 행위를 하는 사람, 그것이 너무 많
          은 대가를 치렀다는 것을 후에나 깨닫게 되는 그런
          사람을 상상으로 꿈꿔볼 수 있어. 그런데 왜 얼린
          여사는 자신의 파멸과 내 파멸 사이에서 어쩔 줄 모
          르는 거지? . . . 정말 이상하네! 우리 집에서 내가
          그녀를 공개적으로 망신 줄 수도 있었어. 그런데 다
          른 사람 집에서 여사가 나를 구하려고 공개적 망신
          을 감수하다니 . . .

There is a bitter irony in things, a bitter irony in the way we talk of good and bad women. . . . Oh, what a lesson! and what a pity that in life we only get our lessons when they are of no use to us! For even if she doesn't tell, I must. Oh! the shame of it, the shame of it. To tell it is to live through it all again. Actions are the first tragedy in life, words are the second. Words are perhaps the worst. Words are merciless. . . . Oh!

[*Starts as* LORD WINDERMERE *enters.*]

LORD WINDERMERE [*kisses her*] Margaret — how pale you look!

LADY WINDERMERE I slept very badly.

LORD WINDERMERE [*sitting on sofa with her*] I am so sorry. I came in dreadfully late, and didn't like to wake you. You are crying, dear.

LADY WINDERMERE Yes, I am crying, for I have something to tell you, Arthur.

LORD WINDERMERE My dear child, you are not well. You've been doing too much. Let us go away to the country. You'll be all right at Selby. The season is almost over. There is no use staying on. Poor darling! We'll go away today, if you like. [*Rises.*] We can easily catch the 3.40. I'll send a wire to Fannen.

[*Crosses and sits down at table to write a telegram.*]

모든 말에는 신랄한 아이러니가 들어 있는 법이야.
좋은 여자와 나쁜 여자에 대해 말하는 투에도 역시
신랄한 아이러니가 들어있어. . . . 저런, 이런 것을
깨닫다니! 이런 것들이 아무 소용이 없을 때 비로소
인생을 알게 되다니 참 유감이야! 그녀가 말하지 않
는다고 해도, 내가 해야만 해. 아, 창피해, 정말. 그
것을 털어 놓고 이야기 하는 것은 다시 그것 모두를
헤쳐 나가는 것이야. 행동은 인생에 첫 번째 비극이
야, 말은 두 번째고 말이 어쩌면 최악일지 몰라. 말
은 무자비하거든. . . . 야! [윈더미어 경이 들어오자 놀란
다.]

윈더미어 경	[그녀에게 키스한다.] 마가레트. . .당신 정말 창백하오
윈더미어 부인	잠을 정말 잘 못 잤어요
윈더미어 경	[그녀와 함께 소파에 앉는다.] 정말 미안하오. 지독하게 늦게 들어왔소. 당신을 깨우고 싶지 않았소. 당신, 울고 있잖아.
윈더미어 부인	네, 울고 있어요. 당신에게 말할 게 있어요, 아서.
윈더미어 경	사랑하는 당신, 몸이 안 좋은가 보오. 일을 너무 많이 해서 그렇소. 시골로 갑시다. 셀비에 가면 괜찮아질 거요. 사교 시즌도 거의 끝났으니. 계속 여기 머무를 필요가 없소. 불쌍한 당신! 당신이 괜찮다면, 오늘 떠납시다. [일어난다.] 3시 40분 기차를 충분히 탈 수 있을 거요. 파넨에게 전보를 보내겠소. [전보를 보내기 위해 무대를 가로질러 식탁으로 가서 앉는다.]

LADY WINDERMERE	Yes; let us go away today. No; I can't go today, Arthur. There is some one I must see before I leave town — some one who has been kind to me.
LORD WINDERMERE	[*rising and leaning over sofa*] Kind to you?
LADY WINDERMERE	Far more than that. [*Rises and goes to him.*] I will tell you, Arthur, but only love me, love me as you used to love me.
LORD WINDERMERE	Used to? You are not thinking of that wretched woman who came here last night? [*Coming round and sitting R. of her.*] You don't still imagine — no, you couldn't.
LADY WINDERMERE	I don't. I know now I was wrong and foolish.
LORD WINDERMERE	It was very good of you to receive her last night — but you are never to see her again.
LADY WINDERMERE	Why do you say that? [*A pause.*]
LORD WINDERMERE	[*holding her hand*] Margaret, I thought Mrs. Erlynne was a woman more sinned against than sinning, as the phrase goes. I thought she wanted to be good, to get back into a place that she had lost by a moment's folly, to lead again a decent life. I believed what she told me — I was mistaken in her. She is bad — as bad as a woman can be.

윈더미어 부인   좋아요. 오늘 떠나버려요. 아니에요. 아서, 오늘 갈
수 없어요. 집을 떠나기 전에 꼭 만나야 할 사람이
있거든요. 나한테 친절하게 해 준 분이에요.

윈더미어 경   [일어서 소파에 기댄다.] 당신에게 친절하게 해주었다고?

윈더미어 부인   친절이란 말이 부족해요. [일어서 그에게로 간다.] 아서,
당신에게 말할게요. 대신에 나를 사랑해야만 해요.
예전처럼 나를 사랑해줘야 해요.

윈더미어 경   예전처럼? 지난 밤 여기에 왔었던 그 불행한 여자에
대해 생각하고 있는 건 아니겠지? [돌아와 그녀의 오른
쪽에 앉는다.] 당신 아직 상상하는 건 아니지 . . . 아
니, 당신이 그럴 리 없어.

윈더미어 부인   맞아요. 나는 올바르지 못했고 어리석었어요.

윈더미어 경   지난밤에 당신이 여사를 받아들인 것은 정말 잘한
일이요. 그런데 다시는 그녀를 만나서는 안 되오.

윈더미어 부인   왜죠? [사이.]

윈더미어 경   [그녀의 손을 잡으면서.] 마가레트, 나는 얼린 여사가 자
신이 저지른 죄 이상으로 욕 얻어먹는 여자라고 생
각했소. 그녀가 착해지길 원한다고 생각했었소. 순간
의 실수로 잃어버렸던 그녀의 위치를 다시 찾아서,
다시 품위 있는 인생을 살기 원한다고 생각했었소.
그녀가 나에게 했던 말을 믿었소. 그런데 내가 그녀
를 잘못 봤소. 그녀는 나빠요. 더 말할 수 없이 나빠
요.

LADY WINDERMERE Arthur, Arthur, don't talk so bitterly about any woman. I don't think now that people can be divided into the good and the bad as though they were two separate races or creations. What are called good women may have terrible things in them, mad moods of recklessness, assertion, jealousy, sin. Bad women, as they are termed, may have in them sorrow, repentance, pity, sacrifice. And I don't think Mrs. Erlynne a bad woman — I know she's not.

LORD WINDERMERE My dear child, the woman's impossible. No matter what harm she tries to do us, you must never see her again. She is inadmissible anywhere.

LADY WINDERMERE But I want to see her. I want her to come here.

LORD WINDERMERE Never!

LADY WINDERMERE She came here once as *your* guest. She must come now as *mine*. That is but fair.

LORD WINDERMERE She should never have come here.

LADY WINDERMERE [*rising*] It is too late, Arthur, to say that now. [*Moves away.*]

LORD WINDERMERE [*rising*] Margaret, if you knew where Mrs. Erlynne went last night, after she left this house, you would not sit in the same room with her. It was absolutely shameless, the whole thing.

윈더미어 부인   아서, 제발. 어떤 여자에 대해서도 그렇게 냉소적으
             로 이야기하지 마세요. 이제 나는 사람들을 좋은 사
             람과 나쁜 사람으로 구분할 수 있다고 생각하지 않
             아요. 마치 완전히 다른 두 부류의 인종이나, 창조물
             인 것처럼 말이에요. 소위 말하는 착한 여자들도 그
             들 속에 터무니없는 것들로, 말하자면, 무모, 고집,
             질투, 죄 등으로 미칠 것 같은 기분에 빠질 수 있어
             요. 소위 말하는 나쁜 여자들도 슬픔, 회환, 연민, 희
             생 같은 것을 가질 수 있어요. 나는 얼린 여사가 나
             쁜 여자라고 생각지 않아요. 그녀가 그렇지 않다는
             것을 알거든요.

윈더미어 경   여보, 그녀는 구제 불능이오. 그녀가 우리에게 어떤
             해를 가져온다고 할지라도, 그녀를 다시는 봐서는 안
             돼요. 그녀는 어디에서도 받아들여져서는 안 돼요.

윈더미어 부인   하지만 나는 그녀를 만나기를 원해요. 그녀가 여기
             에 왔으면 해요.

윈더미어 경   절대 안 되오!

윈더미어 부인   한 때는 그녀가 당신의 손님으로 여기에 왔어요. 이
             젠 내 손님으로 와야 해요. 그래야 공평해요.

윈더미어 경   그녀는 절대 여기에 오지 말았어야 했소.

윈더미어 부인   [일어선다.] 아서, 이제 그렇게 말하기에는 너무 늦었
             어요. [움직인다.]

윈더미어 경   [일어선다.] 마가레트, 지난 밤, 얼린 여사가 우리 집을
             떠난 후, 어디에 갔는지 안다면, 당신은 그녀와 같은
             방에 앉아 있지도 않을 거요. 그녀의 행동은 몰염치
             그 자체요, 모든 것이.

LADY WINDERMERE   Arthur, I can't bear it any longer. I must tell you. Last night —

[*Enter* PARKER *with a tray on which lie* LADY WINDERMERE'S *fan and a card.*]

PARKER   Mrs. Erlynne has called to return your ladyship's fan which she took away by mistake last night. Mrs. Erlynne has written a message on the card.

LADY WINDERMERE   Oh, ask Mrs. Erlynne to be kind enough to come up. [*Reads card.*] Say I shall be very glad to see her. [*Exit* PARKER.] She wants to see me, Arthur.

LORD WINDERMERE   [*takes card and looks at it*] Margaret, I *beg* you not to. Let me see her first, at any rate. She's a very dangerous woman. She is the most dangerous woman I know. You don't realize what you're doing.

LADY WINDERMERE   It is right that I should see her.

LORD WINDERMERE   My child, you may be on the brink of a great sorrow. Don't go to meet it. It is absolutely necessary that I should see her before you do.

LADY WINDERMERE   Why should it be necessary?

[*Enter* PARKER.]

PARKER   Mrs. Erlynne.

윈더미어 부인   아서, 더 이상 참을 수 없어요. 당신에게 말해야만
하겠어요. 지난 밤 . . .

[파커가 윈더미어 부인의 부채와 카드가 놓여 있는 쟁반을 들고 들어온다.]

파커   얼린 여사가 지난밤에 실수로 가져갔던 마님의 부채
를 돌려주기 위해 찾아 오셨습니다. 명함에 메시지
가 적혀 있습니다.

윈더미어 부인   저런, 이곳까지 들어오실 정도의 친절을 베푸실 수
없냐고 여쭈어 보게. [카드를 읽는다.] 여사를 기꺼이
만날 거라고 전하게. [파커가 나간다.] 여사가 나를 만
나기를 원해요. 아서.

윈더미어 경   [카드를 집어서 그것을 본다.] 마가레트, 제발 그러지 마
시오. 내가 그녀를 먼저 만나겠소. 그녀는 정말 위험
한 여자거든. 그녀는 내가 아는 여인 중 제일 위험
해요. 당신은 당신이 무슨 짓을 하는지 깨닫지 못하
고 있소.

윈더미어 부인   여사를 내가 만나는 건 당연해요.

윈더미어 경   자기, 엄청나게 슬픈 일을 당하게 될 지도 모르오.
그런 슬픔을 굳이 맞아들일 필요는 없소. 당신보다
먼저 내가 그녀를 만나는 게 절대적으로 필요하오.

윈더미어 부인   왜 필요하죠?

[파커가 들어온다.]

파커   얼린 여사가 오셨습니다.

[*Enter* MRS. ERLYNNE.]

[*Exit* PARKER.]

MRS. ERLYNNE   How do you do, Lady Windermere? [*To* LORD WINDERMERE.] How do you do? Do you know, Lady Windermere, I am so sorry about your fan. I can't imagine how I made such a silly mistake. Most stupid of me. And as I was driving in your direction, I thought I would take the opportunity of returning your property in person[65] with many apologies for my carelessness, and of bidding you good-bye.

LADY WINDERMERE   Good-bye? [*Moves towards sofa with* MRS. ERLYNNE *and sits down beside her.*] Are you going away, then, Mrs. Erlynne?

MRS. ERLYNNE   Yes; I am going to live abroad again. The English climate doesn't suit me. My — heart is affected here, and that I don't like. I prefer living in the south. London is too full of fogs and — serious people, Lord Windermere. Whether the fogs produce the serious people or whether the serious people produce the fogs, I don't know, but the whole thing rather gets on my nerves[66], and so I'm leaving this afternoon by the Club Train.

---

65) in person: 몸소, 본인 자신이.
66) get on one's nerves: 누구의 신경을 건드리다, 아무를 짜증나게 하다.

[얼린 여사 입장.]

[파커가 나간다.]

얼린 여사 부인, 안녕하세요? [윈더미어 경에게.] 안녕하세요 부인, 당신 부채에 대해 정말 미안해요 그렇게 바보 같은 실수를 내가 저지르다니 말도 안돼요 정말 바보 같아. 당신 집 방향으로 마차를 몰고 오면서, 내 경솔한 행동에 대해 직접 사과하면서 당신의 물건을 돌려 줄 생각을 했어요 그리고 당신에게 작별인사도할 겸.

윈더미어 부인 작별인사라니요? [얼린 여사와 함께 소파 쪽으로 가서 그녀 옆에 앉는다.] 그렇다면, 얼린 여사, 떠나시려고요?

얼린 여사 네. 다시 외국에서 살려고요 영국 기후가 맞지 않아요 내 . . . 심장에 나쁜 영향을 줘요 난 여기 날씨가 싫어요 남쪽에서 사는 게 더 좋아요 윈더미어 경, 런던은 안개가 너무 많이 낄 뿐만 아니라 진지한 사람들이 넘쳐요 안개가 진지한 사람들을 만들어내는지, 진지한 사람들이 안개를 만들어내는지 알 수 없어요 모든 것이 좀 짜증나요 그래서 클럽 기차로 오늘 오후에 떠날 예정이에요

LADY WINDERMERE	This afternoon? But I wanted so much to come and see you.
MRS. ERLYNNE	How kind of you! But I am afraid I have to go.
LADY WINDERMERE	Shall I never see you again, Mrs. Erlynne?
MRS. ERLYNNE	I am afraid not. Our lives lie too far apart. But there is a little thing I would like you to do for me. I want a photograph of you, Lady Windermere — would you give me one? You don't know how gratified I should be.
LADY WINDERMERE	Oh, with pleasure. There is one on that table. I'll show it to you. [*Goes across to the table.*]
LORD WINDERMERE	[*coming up to* MRS. ERLYNNE *and speaking in a low voice*] It is monstrous your intruding yourself here after your conduct last night.
MRS. ERLYNNE	[*with an amused smile*] My dear Windermere, manners before morals!
LADY WINDERMERE	[*returning*] I'm afraid it is very flattering — I am not so pretty as that. [*Showing photograph.*]
MRS. ERLYNNE	You are much prettier. But haven't you got one of yourself with your little boy?
LADY WINDERMERE	I have. Would you prefer one of those?
MRS. ERLYNNE	Yes.
LADY WINDERMERE	I'll go and get it for you, if you'll excuse me for a moment. I have one upstairs.
MRS. ERLYNNE	So sorry, Lady Windermere, to give you so much trouble.

윈더미어 부인	오늘 오후에요? 정말 당신을 찾아가 보려는 마음이 굴뚝같았어요
얼린 여사	정말 친절하시네! 난 떠나야만 해요
윈더미어 부인	당신을 다시는 절대로 못 보는 건가요, 얼린 여사?
얼린 여사	그럴 것 같아요 우리 둘의 인생은 너무 달라요 날 위해 해줬으면 하는 자그마한 일이 있어요 윈더미어 부인, 당신의 사진을 한 장 가졌으면 해요 한 장 줄래요? 내가 얼마나 기뻐할 지 당신은 상상도 못 할 거예요
윈더미어 부인	네, 기꺼이. 저 식탁 위에 한 장 있어요 그것을 보여드릴게요 [식탁으로 가로질러 간다.]
윈더미어 경	[얼린 여사에게 가서 낮은 목소리로 말한다.] 지난밤에 그런 식으로 행동한 후에 여기에 불쑥 찾아오다니 말도 안돼요
얼린 여사	[재미있어하는 미소를 짓는다.] 친절하신 윈더미어, 도덕에 앞서 예의를!
윈더미어 부인	[돌아온다.] 사진이 너무 잘나왔어요 나는 사진 만큼 예쁘진 않아요 [사진을 보여준다.]
얼린 여사	당신이 훨씬 더 예뻐요 어린 아들과 함께 찍은 사진은 없나요?
윈더미어 부인	있어요 그게 더 좋으세요?
얼린 여사	물론.
윈더미어 부인	잠시 실례해도 괜찮다면, 가서 가져올게요 이층에 한 장이 있거든요
얼린 여사	부인, 귀찮게 해서 정말 미안해요

LADY WINDERMERE	[*moves to door R.*] No trouble at all, Mrs. Erlynne.
MRS. ERLYNNE	Thanks so much.

[*Exit* LADY WINDERMERE *R.*]

	You seem rather out of temper[67] this morning, Windermere. Why should you be? Margaret and I get on charmingly together.
LORD WINDERMERE	I can't bear to see you with her. Besides, you have not told me the truth, Mrs. Erlynne.
MRS. ERLYNNE	I have not told *her* the truth, you mean.
LORD WINDERMERE	[*standing C.*] I sometimes wish you had. I should have been spared then the misery, the anxiety, the annoyance of the last six months. But rather than my wife should know — that the mother whom she was taught to consider as dead, the mother whom she has mourned as dead, is living — a divorced woman, going about under an assumed name, a bad woman preying upon life, as I know you now to be — rather than that, I was ready to supply you with money to pay bill after bill, extravagance after extravagance, to risk what occurred yesterday, the first quarrel I have ever had with my wife. You don't understand what that means to me.

---

67) out of temper: 화가 난.

208 • 윈더미어 부인의 부채 – 착한 여인에 대한 연극

윈더미어 부인	[오른쪽 문으로 간다.] 여사, 조금도 귀찮지 않아요.
얼린 여사	정말 고마워요

[윈더미어 부인이 오른쪽으로 나간다.]

오늘 아침 조금 화가 난 것 같아 보이네요, 윈더미어. 왜 그렇죠? 마가레트와 나는 둘 다 기분 좋게 마음이 잘 맞아요.

윈더미어 경 여사가 그녀와 함께 있는 것을 보면 참을 수 없어요. 게다가, 얼린 여사, 여사는 나에게 한 번도 진실을 말한 적이 없어요.

얼린 여사 그녀에게도 한 번도 진실을 말한 적이 없어요.

윈더미어 경 [무대 중앙에 서 있다.] 여사께서 그랬으면 하고 때때로 바래요. 그러면 내가 지난 6개월 간 겪은 불행, 불안, 괴로움을 덜 수 있었을 거예요. 하지만 내 아내가 죽은 것으로 알고 있는 엄마, 죽은 것으로 알고 애도해 온 엄마가 . . . 가명으로 돌아다니는 이혼녀, 사람을 이용하는 나쁜 여자로 살아가고 있다는 것을 . . . 내 아내가 알기 보다는, 모든 청구서, 그리고 모든 낭비에 들어가는 돈을 기꺼이 지불하는 편을 나는 택하겠어요. 어제 일어났던 일과 같은 위험도 기꺼이 감수하고, 내 처와 처음으로 가졌던 싸움과 같은 것도 기꺼이 감수하겠어요. 여사는 그게 나에게 무엇을 의미하는지 이해 못해요.

How could you? But I tell you that the only bitter words that ever came from those sweet lips of hers were on your account, and I hate to see you next her. You sully the innocence that is in her. [*Moves L.C.*] And then I used to think that with all your faults you were frank and honest. You are not.

MRS. ERLYNNE Why do you say that?

LORD WINDERMERE You made me get you an invitation to my wife's ball.

MRS. ERLYNNE For my daughter's ball — yes.

LORD WINDERMERE You came, and within an hour of your leaving the house you are found in a man's rooms — you are disgraced before every one. [*Goes up stage C.*]

MRS. ERLYNNE Yes.

LORD WINDERMERE [*turning round on her*] Therefore I have a right to look upon you as what you are — a worthless, vicious woman. I have the right to tell you never to enter this house, never to attempt to come near my wife —

MRS. ERLYNNE [*coldly*] My daughter, you mean.

LORD WINDERMERE You have no right to claim her as your daughter. You left her, abandoned her when she was but a child in the cradle, abandoned her for your lover, who abandoned you in turn.

어떻게 이해할 수 있겠어요? 그녀의 달콤한 입술에서 나온 말 중 가시 돋친 말들은 모두 당신 때문이에요 내 아내 옆에 있는 여사를 보고 싶지 않아요 그녀의 순진함이 여사 때문에 더럽혀져요 [왼쪽 중앙으로 간다.] 모든 결점에도 불구하고 나는 여사가 솔직하고 진지하다고 생각하곤 했어요 그런데 그렇지 않은 것 같군요

얼린 여사 왜 그렇게 말하지요?

윈더미어 경 여사는 나를 유도해서 내 아내가 연 무도회에 초대를 받았어요

얼린 여사 내 딸의 무도회에 . . . 맞아요

윈더미어 경 여사는 무도회에 왔어요 그런데 우리 집을 떠난 지 한 시간도 안 되어, 어떤 사내 집에서 여사를 우연히 발견했어요 . . . 모든 사람 앞에서 여사는 망신 당했죠 [무대 중앙으로 간다.]

얼린 여사 맞아요

윈더미어 경 [그녀에게 돌아선다.] 이제 여사를 있는 그대로 여길 권리 . . . 일고의 가치도 없는 나쁜 여자라고 여길 권리가 있어요 여사에게 우리 집에 다시 오지 말라고 말할 권리 . . . 내 처의 옆에 갈 엄두를 내지 말라고 . . . 말할 권리가 있어요

얼린 여사 [차갑게.] 내 딸을 말하는 거요

윈더미어 경 내 처를 여사의 딸이라고 주장할 권리가 없어요 아직 요람에 누워있는 아기였을 때 여사는 내 처를 버렸어요 여사의 애인 대신 내 처를 버렸어요 그 다음 여사의 애인이 여사를 버렸어요

4막 • 211

MRS. ERLYNNE	*[rising]* Do you count that to his credit, Lord Windermere — or to mine?
LORD WINDERMERE	To his, now that I know you.
MRS. ERLYNNE	Take care — you had better be careful.
LORD WINDERMERE	Oh, I am not going to mince words for you. I know you thoroughly.
MRS. ERLYNNE	*[looks steadily at him]* I question that.
LORD WINDERMERE	I DO know you. For twenty years of your life you lived without your child, without a thought of your child. One day you read in the papers that she had married a rich man. You saw your hideous chance. You knew that to spare her the ignominy[68] of learning that a woman like you was her mother, I would endure anything. You began your blackmailing.
MRS. ERLYNNE	*[shrugging her shoulders]* Don't use ugly words, Windermere. They are vulgar. I saw my chance, it is true, and took it.
LORD WINDERMERE	Yes, you took it — and spoiled it all last night by being found out.
MRS. ERLYNNE	*[with a strange smile]* You are quite right, I spoiled it all last night.

---

68) ignominy: 불명예, 치욕.

얼린 여사 [일어선다.] 윈더미어 경, 그게 그이의 명예에 도움이 된다고 생각하세요, 아니면, 내 명예에 도움이 된다고 생각하세요?

윈더미어 경 그분의 명예에, 이제 내가 당신을 아니까.

얼린 여사 말조심해요 . . . 조심하는 게 좋을 거예요

윈더미어 경 여사를 위해서는 말조심 하지 않을 거예요. 난 당신을 속속들이 알아요.

얼린 여사 [그를 빤히 쳐다본다.] 글쎄요.

윈더미어 경 나는 당신을 알아요. 여사는 인생 중 20년 동안 아이 없이, 아이에 대해 조금도 생각하지 않으면서 살았어요. 언젠가 여사는 신문에서 그녀가 부자 남자와 결혼했다는 것을 읽었어요. 절호의 기회를 잡은 거죠. 당신 같은 여자가 엄마라는 것을 알게 되는 치욕을 그녀가 맛보지 않도록, 나는 무엇이든 감수하려고 했어요. 당신은 공갈을 시작했어요.

얼린 여사 [어깨를 으쓱한다.] 윈더미어, 혐오스러운 단어들을 사용하지 마세요. 천박해요. 내가 기회를 잡았다는 것은 사실이에요.

윈더미어 경 맞아요. 당신은 기회를 잡았지만, 지난밤에 들켜서 모든 것을 망쳤지요.

얼린 여사 [묘한 미소를 짓는다.] 당신 말이 맞아요. 나는 지난밤 모든 것을 망쳤어요.

LORD WINDERMERE	And as for your blunder[69] in taking my wife's fan from here and then leaving it about in Darlington's rooms, it is unpardonable. I can't bear the sight of it now. I shall never let my wife use it again. The thing is soiled for me. You should have kept it and not brought it back.
MRS. ERLYNNE	I think I *shall* keep it. [*Goes up.*] It's extremely pretty. [*Takes up fan.*] I shall ask Margaret to give it to me.
LORD WINDERMERE	I hope my wife will give it to you.
MRS. ERLYNNE	Oh, I'm sure she will have no objection.
LORD WINDERMERE	I wish that at the same time she would give you a miniature she kisses every night before she prays — It's the miniature of a young innocent-looking girl with beautiful dark hair.
MRS. ERLYNNE	Ah, yes, I remember. How long ago that seems! [*Goes to sofa and sits down.*] It was done[70] before I was married. Dark hair and an innocent expression were the fashion then, Windermere! [*A pause.*]
LORD WINDERMERE	What do you mean by coming here this morning? What is your object? [*Crossing L.C. and sitting.*]
MRS. ERLYNNE	[*with a note of irony in her voice*] To bid good-bye to my dear daughter, of course.

---

69) blunder: 큰 실수.

70) done: 유행하고, 널리 퍼져.

윈더미어 경 우리 집에서 내 처의 부채를 집어서 달링턴 방에 놔
둔 것 같은 큰 실수는 용서할 수 없어요 부채를 보
는 것도 참을 수 없어요 내 처는 그것을 다시는 사
용하지 않을 거예요 더러워요 가졌으면 그것을 돌
려주지 말았어야지요

얼린 여사 내가 부채를 간직할게요 [부채 쪽으로 간다.] 정말 예
뻐. [부채를 집어 든다.] 마가레트한테 달라고 부탁해야
지.

윈더미어 경 나도 내 처가 그것을 당신에게 줘 버리기를 바라요

얼린 여사 물론 반대하지 않을 거예요

윈더미어 경 그녀가 매일 밤 기도하기 전 입맞춤하는 인형도 당
신에게 줬으면 해요. 검은 색의 아름다운 머리카락
을 늘어뜨린 순진하게 보이는 작은 여자아이 인형이
에요.

얼린 여사 아, 네, 기억나요 아주 오래 된 것 같은데요! [소파로
가서 앉는다.] 내가 결혼하기 전에 그 인형이 유행했
어요 검은 머리, 그리고 순진한 표정이 그때 유행이
었어요 윈더미어! [사이.]

윈더미어 경 오늘 아침 왜 여기에 왔죠? 온 목적이 뭐예요? [중앙
왼쪽으로 가로 질러가 앉는다.]

얼린 여사 [신랄한 어조로] 물론, 내 사랑하는 딸에게 작별인사를
하기 위해서지요

[LORD WINDERMERE *bites his under lip in anger.* MRS. ERLYNNE *looks at him, and her voice and manner become serious. In her accents as she talks there is a note of deep tragedy. For a moment she reveals herself.*] Oh, don't imagine I am going to have a pathetic scene with her, weep on her neck and tell her who I am, and all that kind of thing. I have no ambition to play the part of a mother. Only once in my life like I known a mother's feelings. That was last night. They were terrible — they made me suffer — they made me suffer too much. For twenty years, as you say, I have lived childless — I want to live childless still. [*Hiding her feelings with a trivial laugh.*] Besides, my dear Windermere, how on earth could I pose as a mother with a grown-up daughter? Margaret is twenty-one, and I have never admitted that I am more than twenty-nine, or thirty at the most[71]. Twenty-nine when there are pink shades, thirty when there are not. So you see what difficulties it would involve. No, as far as I am concerned, let your wife cherish the memory of this dead, stainless mother. Why should I interfere with her illusions? I find it hard enough to keep my own.

---

71) at the most: 기껏해야.

[윈더미어 경은 화가나 아래 입술을 깨문다. 얼린 여사가 그를 쳐다본다. 그의 목소리와 태도가 심각해진다. 그녀의 말투에 강한 비극적 어조가 들어 있다. 잠시 속내를 드러낸다.] 저런, 내가 딸에게 애처로운 장면을 연출하려 한다고 생각하지 말아요. 그녀의 목에 매달려 울면서 내가 누군지 그녀에게 털어놓는 등등의 행동을 하려한다고 상상하지 말아요. 엄마처럼 굴려는 생각은 전혀 없어요. 내 일생에 단 한번 엄마가 가지는 감정들을 경험했어요. 그건 지난밤이었어요. 그 감정들은 끔찍했어요 . . . 그것들이 나를 고통스럽게 만들었어요. 너무나도 고통스러웠어요. 당신의 말대로, 나는 20년 동안 아이 없이 살았어요. 지금도 아이 없이 살고 싶어요. [헛웃음으로 자신의 감정을 감춘다.] 게다가, 윈더미어, 다 큰 딸에게 내가 도대체 어떻게 엄마로서 포즈를 취할 수 있겠어요? 마가렛은 스물한 살이나 되었어요. 그런데 나는 한 번도 나를 스물아홉 살보다 더 먹었다고 생각해본 적이 없어요. 기껏해야 서른 살이죠. 스물아홉이면 얼굴에 아직 분홍빛이 있는데, 서른이면 그것이 사라져요. 그러니 서른 살이라는 나이가 얼마나 많은 난제들을 수반하는지 당신도 알거에요. 안 돼요. 당신 처가 죽은 엄마를 결점 없는 엄마로 기억하게 해요. 왜 내가 그녀의 환상을 방해해야 하죠? 내 자신의 환상도 지키기 힘든데.

I lost one illusion last night. I thought I had no heart. I find I have, and a heart doesn't suit me, Windermere. Somehow it doesn't go with modern dress. It makes one look old. [*Takes up hand-mirror from table and looks into it.*] And it spoils ones career at critical moments.

LORD WINDERMERE You fill me with horror — with absolute horror.

MRS. ERLYNNE [*rising*] I suppose, Windermere, you would like me to retire into a convent, or become a hospital nurse, or something of that kind, as people do in silly modern novels. That is stupid of you, Arthur; in real life we don't do such things — not as long as we have any good looks left, at any rate. No — what consoles one nowadays is not repentance, but pleasure. Repentance is quite out of date. And besides, if a woman really repents, she has to go to a bad dressmaker, otherwise no one believes in her. And nothing in the world would induce me to do that. No; I am going to pass entirely out of your two lives. My coming into them has been a mistake — I discovered that last night.

LORD WINDERMERE A fatal mistake.

MRS. ERLYNNE [*smiling*] Almost fatal.

지난밤 나는 나의 환상을 잃었어요. 나는 내가 심장이 없는 줄 알았어요. 이제 나도 심장이 있다는 것 알게 되었어요. 그런데 그건 나한테 맞지 않아요, 윈더미어. 어쨌든 그것은 현대적인 옷차림과 어울리지 않아요. 그게 사람을 늙어 보이게 해요. [식탁에서 손거울을 들어 얼굴을 본다.] 그리고 그것은 결정적 순간에 한 인간의 인생을 망쳐놔요.

윈더미어 경 당신은 나를 공포에 휩싸이게 하네요 . . . 공포 그 자체에.

얼린 여사 [일어난다.] 윈더미어, 당신은 우스꽝스러운 현대 소설 속의 인물들처럼, 내가 수도원으로 들어가든지, 아니면 간호사가 되든지, 아니면 그런 종류의 무엇이 되었으면 해요. 아서, 그렇다면 당신은 어리석은 거예요. 실제 인생에서 조금이라도 괜찮은 외모를 지니고 있으면, 그런 짓거리는 안 해요. 안 해요 . . . 요즘 마음을 위안하는 것은 회개가 아니라 쾌락이에요. 회개는 정말 시대에 뒤떨어진 거예요. 게다가, 여자가 진정 회개하면, 솜씨 없는 드레스메이커에게 가야만 해요. 그렇지 않으면 아무도 그녀를 믿지 않거든요. 세상에 무슨 일이 일어나도 나는 그렇게 못해요. 아니야. 나는 둘의 인생에서 완전히 빠질 거예요. 두 인생에 내가 끼어든 것은 실수였어요. 그걸 지난밤에 알게 됐어요.

윈더미어 경 치명적 실수예요.

얼린 여사 [웃는다.] 거의 치명적이죠.

LORD WINDERMERE	I am sorry now I did not tell my wife the whole thing at once.
MRS. ERLYNNE	I regret my bad actions. You regret your good ones — that is the difference between us.
LORD WINDERMERE	I don't trust you. I *will* tell my wife. It's better for her to know, and from me. It will cause her infinite pain — it will humiliate her terribly, but it's right that she should know.
MRS. ERLYNNE	You propose to tell her?
LORD WINDERMERE	I am going to tell her.
MRS. ERLYNNE	[*going up to him*] If you do, I will make my name so infamous that it will mar every moment of her life. It will ruin her, and make her wretched. If you dare to tell her, there is no depth of degradation I will not sink to, no pit of shame I will not enter. You shall not tell her — I forbid you.
LORD WINDERMERE	Why?
MRS. ERLYNNE	[*after a pause*] If I said to you that I cared for her, perhaps loved her even — you would sneer at me, wouldn't you?
LORD WINDERMERE	I should feel it was not true. A mother's love means devotion, unselfishness, sacrifice. What could you know of such things?

윈더미어 경   내 처에게 즉각 모든 것을 털어놓지 않았던게 유감이군요.

얼린 여사   나는 나 자신이 저지른 나쁜 행동을 후회하고, 당신은 당신이 한 착한 행동을 후회해요. 그게 당신과 나의 차이에요.

윈더미어 경   나는 당신을 믿지 않아요. 내 처에게 말할 거예요. 그녀가 아는 게 낫겠어요, 내가 말해서. 그녀는 끊임없이 괴로워할 거예요. 그녀는 엄청나게 모욕을 느낄 거예요. 하지만 그녀는 알아야 해요.

얼린 여사   당신이 말하겠다는 거예요?

윈더미어 경   말하려고 해요.

얼린 여사   [그에게로 다가간다.] 당신이 그런다면, 내 이름이 너무 더러워져서 그 이름 때문에 그녀 인생의 순간, 순간을 망치게 될 거예요. 그녀를 파멸로 몰고, 비참하게 만들 거예요. 감히 그녀에게 말을 한다면, 더 이상 가라앉을 수 없는 타락의 구렁텅이로 난 빠지게 될 거예요. 부끄러움의 구렁텅이로. 당신은 그녀에게 얘기하면 안돼요 . . . 내가 막겠어요.

윈더미어 경   왜 막죠?

얼린 여사   [잠시 후에.] 내가 그녀를 좋아한다고, 사랑하기까지 한다고 말을 한다면 . . . 당신은 나를 비웃겠지요, 그렇지 않을까요?

윈더미어 경   그게 진실이 아니라는 것을 나는 알아요. 엄마의 사랑은 헌신, 욕심 없음, 희생을 의미해요. 그러한 것들 중 당신이 어떤 것을 알 수 있겠어요?

MRS. ERLYNNE　You are right. What could I know of such things? Don't let us talk any more about it — as for telling my daughter who I am, that I do not allow. It is my secret, it is not yours. If I make up my mind to tell her, and I think I will, I shall tell her before I leave the house — if not, I shall never tell her.

LORD WINDERMERE　[*angrily*] Then let me beg of you to leave our house at once. I will make your excuses to Margaret.

[*Enter* LADY WINDERMERE *R. She goes over to* MRS. ERLYNNE *with the photograph in her hand.* LORD WINDERMERE *moves to back of sofa, and anxiously watches* MRS. ERLYNNE *as the scene progresses.*]

LADY WINDERMERE　I am so sorry, Mrs. Erlynne, to have kept you waiting. I couldn't find the photograph anywhere. At last I discovered it in my husband's dressing-room — he had stolen it.

MRS. ERLYNNE　[*takes the photograph from her and looks at it*] I am not surprised — it is charming. [*Goes over to sofa with* LADY WINDERMERE, *and sits down beside her. Looks again at the photograph.*] And so that is your little boy! What is he called?

LADY WINDERMERE　Gerard, after my dear father.

MRS. ERLYNNE　[*laying the photograph down*] Really?

LADY WINDERMERE　Yes. If it had been a girl, I would have called it after my mother. My mother had the same name as myself, Margaret.

얼린 여사   당신이 옳아요. 어떻게 내가 그런 것들을 알 수 있
          겠어요? 그것에 대해 더 이상 말하지 맙시다. . . .
          내 딸에게 내가 누구인가를 말하는 것을 내가 허락
          하지 않아요. 그건 내 비밀이에요. 당신 비밀이 아니
          에요. 내가 그녀에게 말하겠다고 결심하면, 내가 말
          할 거예요. . . . 내가 이 집을 떠나기 전에 말할 거
          에요. . . . 그렇지 않으면, 결코 말하지 않을 거예요.

윈더미어 경   [화를 내면서.] 그렇다면 제발 우리 집에서 당장 떠나
          주세요. 마가레트에게 대신 변명해 줄게요.

[윈더미어 부인이 오른쪽으로 들어온다. 손에 사진을 들고 얼린 여사에게 간다. 윈더
미어 경은 소파 뒤로 가서, 얼린 여사를 걱정스레 주시한다.]

윈더미어 부인   기다리게 해서 정말 죄송합니다. 어디에서고 사진을
          찾을 수 없었어요. 마침 내 남편 옷장에서 찾았어요.
          남편이 그것을 훔쳤어요.

얼린 여사   [그녀에게서 사진을 받아서 본다.] 이상할 것 없어요. 정
          말 예쁘네. [윈더미어 부인과 함께 소파로 간다. 그리고 그
          녀 옆에 앉는다. 사진을 다시 본다.] 그러니까 얘가 당신
          의 귀여운 아들! 이름이 뭐죠?

윈더미어 부인   우리 아버지 이름을 따랐어요. 제라드에요.

얼린 여사   [사진을 내려놓는다.] 정말로?

윈더미어 부인   네. 여자애였더라면 엄마를 따라 불렀을 거예요. 우
          리 엄마는 내 이름과 똑같은 이름을 가지고 계세요.
          마가레트.

MRS. ERLYNNE	My name is Margaret too.
LADY WINDERMERE	Indeed!
MRS. ERLYNNE	Yes. [*Pause.*] You are devoted to your mother's memory, Lady Windermere, your husband tells me.
LADY WINDERMERE	We all have ideals in life. At least we all should have. Mine is my mother.
MRS. ERLYNNE	Ideals are dangerous things. Realities are better. They wound, but they're better.
LADY WINDERMERE	[*shaking her head*] If I lost my ideals, I should lose everything.
MRS. ERLYNNE	Everything?
LADY WINDERMERE	Yes. [*Pause.*]
MRS. ERLYNNE	Did your father often speak to you of your mother?
LADY WINDERMERE	No, it gave him too much pain. He told me how my mother had died a few months after I was born. His eyes filled with tears as he spoke. Then he begged me never to mention her name to him again. It made him suffer even to hear it. My father — my father really died of a broken heart. His was the most ruined life I know.
MRS. ERLYNNE	[*rising*] I am afraid I must go now, Lady Windermere.
LADY WINDERMERE	[*rising*] Oh no, don't.

얼린 여사 내 이름도 마가레트이에요

윈더미어 부인 정말로요!

얼린 여사 그래요 [사이] 윈더미어 부인, 당신이 엄마에 대한 기억을 꼭 간직하려 한다고 당신 남편이 그러던데요

윈더미어 부인 우리 모두는 인생에 이상을 가지고 있어요 적어도 우리 모두 그래요 내 이상은 내 엄마에요

얼린 여사 이상은 위험한 것이에요 현실이 더 나아요 이상은 상처를 입혀요 현실이 더 나아요

윈더미어 부인 [그녀의 머리를 흔든다.] 전 제 이상을 잃으면, 모든 것을 잃을 거예요

얼린 여사 모든 걸?

윈더미어 부인 네. [사이.]

얼린 여사 당신 아버님이 어머니에 대한 말을 당신에게 자주 했나요?

윈더미어 부인 아니오, 굉장히 괴로워 하셨어요 나를 낳고 몇 개월 안 지나서 어머니가 어떻게 돌아가셨는지 말씀해 주셨어요 말씀하시면서 눈에 눈물이 그렁그렁했어요 그리고 아버님이 다시는 어머니 이름을 꺼내지 말라고 청하셨어요 이름을 듣는 것조차도 괴로워 하셨어요 아버지는 . . . 아버지는 상심해서 돌아가셨어요 내가 알기에 아버지만큼 인생을 망친 사람은 없어요

얼린 여사 [일어선다.] 부인, 지금 가야할 것 같아요

윈더미어 부인 [일어선다.] 안 돼요, 제발, 가지 마세요

MRS. ERLYNNE   I think I had better. My carriage must have come back by this time. I sent it to Lady Jedburgh's with a note.

LADY WINDERMERE   Arthur, would you mind seeing if Mrs. Erlynne's carriage has come back?

MRS. ERLYNNE   Pray don't trouble, Lord Windermere.

LADY WINDERMERE   Yes, Arthur, do go, please.

[LORD WINDERMERE *hesitated for a moment and looks at* MRS. ERLYNNE. *She remains quite impassive. He leaves the room.*]

[*To* MRS. ERLYNNE] Oh! What am I to say to you? You saved me last night? [*Goes towards her.*]

MRS. ERLYNNE   Hush — don't speak of it.

LADY WINDERMERE   I must speak of it. I can't let you think that I am going to accept this sacrifice. I am not. It is too great. I am going to tell my husband everything. It is my duty.

MRS. ERLYNNE   It is not your duty — at least you have duties to others besides him. You say you owe me something?

LADY WINDERMERE   I owe you everything.

MRS. ERLYNNE   Then pay your debt by silence. That is the only way in which it can be paid. Don't spoil the one good thing I have done in my life by telling it to any one.

얼린 여사	가는 게 좋겠어요. 지금쯤이면 마차가 돌아왔을 거예요. 간단한 편지를 전하러 마차를 제드버러 부인 집에 보냈거든요.
윈더미어 부인	아서, 얼린 여사 마차가 돌아왔는지 좀 봐 줄래요?
얼린 여사	윈더미어 경, 그럴 필요 없어요.
윈더미어 부인	아니, 아서, 제발 좀 가봐 주세요.

[윈더미어 경은 잠시 망설이다 얼린 여사를 바라본다. 그녀는 상당히 순종적이다. 그는 방을 나간다.]

[얼린 여사에게.] 이런! 여사에게 무슨 말을 해야 하죠? 지난밤에 나를 구해 주셨잖아요. [그녀에게로 간다.]

얼린 여사	쉿! . . . 그것에 대해 말하지 마세요.
윈더미어 부인	얘기해야 해요. 여사가 한 희생을 아무 일 없었다는 듯이 넘어갈 수 없어요. 그럴 수는 없어요. 그것은 너무 중요해요. 남편한테 모든 것을 이야기 할 거예요. 그게 제 의무에요.
얼린 여사	그렇지 않아요. . . . 최소한 남편 외에 다른 사람들에 대한 의무도 당신에게는 있거든요. 나한테 뭔가 빚지고 있다고 당신이 그랬죠?
윈더미어 부인	당신에게 모든 걸 빚지고 있어요.
얼린 여사	그러면 침묵으로 그 빚을 갚아요. 그것이 갚을 수 있는 유일한 방법이에요. 어떤 사람에게 그것을 말해서 내 평생 유일하게 행한 선행을 망치지 말아요.

Promise me that what passed last night will remain a secret between us. You must not bring misery into your husband's life. Why spoil his love? You must not spoil it. Love is easily killed. Oh! how easily love is killed. Pledge me your word, Lady Windermere, that you will *never* tell him. I insist upon it.

LADY WINDERMERE   [*with bowed head*] It is your will, not mine.

MRS. ERLYNNE   Yes, it is my will. And never forget your child — I like to think of you as a mother. I like you to think of yourself as one.

LADY WINDERMERE   [*looking up*] I always will now. Only once in my life I have forgotten my own mother — that was last night. Oh, if I had remembered her I should not have been so foolish, so wicked.

MRS. ERLYNNE   [*with a slight shudder*] Hush, last night is quite over.

[*Enter* LORD WINDERMERE.]

LORD WINDERMERE   Your carriage has not come back yet, Mrs. Erlynne.

MRS. ERLYNNE   It makes no matter. I'll take a hansom[72]. There is nothing in the world so respectable as a good Shrewsbury and Talbot. And now, dear Lady Windermere, I am afraid it is really good-bye.

---

72) hansom: 이륜마차.

지난밤에 일어났던 일은 우리들만의 비밀로 지켜요 당신 남편의 인생에 불행을 끌어들이면 안돼요 그의 사랑을 왜 망쳐요? 망쳐서는 안돼요 사랑은 쉽게 사라져요 정말 쉽게! 부인, 절대로 그에게 얘기하지 않겠다고 맹세하세요 난 그럴 것을 요구해요

윈더미어 부인 [머리를 숙인다.] 그건 당신 의지예요 내 의지가 아니라.

얼린 여사 그래요, 내 의지이에요 당신의 아이를 절대 잊지 마세요 . . . 나는 당신이 엄마인 것이 좋아요 당신 자신을 엄마로 생각하기를 바라요

윈더미어 부인 [쳐다본다.] 이제부터 항상 그럴 거예요 인생에서 단 한번, 엄마를 잊었어요 지난밤이었어요 저런, 내가 엄마를 기억했더라면, 그렇게 바보스럽고, 그렇게 까지 사악하지 않았을 거예요

얼린 여사 [약간 몸서리친다.] 쉿, 지난밤은 완전히 지나갔어요

[윈더미어 경이 들어온다.]

윈더미어 경 여사, 마차가 아직 돌아오지 않았습니다.

얼린 여사 상관없어요 이륜마차를 타겠어요 고급 슈르즈베리와 탈봇만큼 품위 있는 이륜마차는 이 세상에 없어요 자, 윈더미어 부인, 이제 정말로 작별인사를 해야겠네요

	[*Moves up C.*] Oh, I remember. You'll think me absurd, but do you know I've taken a great fancy to this fan that I was silly enough to run away with last night from your ball. Now, I wonder would you give it to me? Lord Windermere says you may. I know it is his present.
LADY WINDERMERE	Oh, certainly, if it will give you any pleasure. But it has my name on it. It has 'Margaret' on it.
MRS. ERLYNNE	But we have the same Christian name.
LADY WINDERMERE	Oh, I forgot. Of course, do have it. What a wonderful chance our names being the same!
MRS. ERLYNNE	Quite wonderful. Thanks — it will always remind me of you. [*Shakes hands with her.*]

[*Enter* PARKER.]

PARKER	Lord Augustus Lorton. Mrs. Erlynne's carriage has come.

[*Enter* LORD AUGUSTUS.]

LORD AUGUSTUS	Good morning, dear boy. Good morning, Lady Windermere. [*Sees* MRS. ERLYNNE.] Mrs. Erlynne!
MRS. ERLYNNE	How do you do, Lord Augustus? Are you quite well this morning?
LORD AUGUSTUS	[*coldly*] Quite well, thank you, Mrs. Erlynne.

[중앙으로 간다.] 아, 생각나네. 얼빠졌다고 생각하겠지만, 난 이 부채가 정말 좋아요. 그래서 어이없게 당신의 무도회장에서 그것을 슬쩍 가지고 도망갔던 거예요. 자, 그것을 나한테 줄래? 윈더미어 경이 당신이 줄지 모른다고 그러던데. 그가 선물로 준 것을 알고 있어요

윈더미어 부인 예, 물론이죠, 당신을 조금이라도 기쁘게 해드릴 수 있다면. 그런데 거기에 제 이름이 있어요. 마가레트라 적혀 있어요

얼린 여사 우리는 똑같은 세례명을 가지고 있어요

윈더미어 부인 그렇지, 잊었어요. 어서 가져가세요. 우리 이름이 똑같다니 정말 멋진 우연이에요!

얼린 여사 정말 멋져요. 고마워요. 부채를 보면 항상 당신이 생각날 거예요. [그녀와 악수한다.]

[파커가 들어온다.]

파커 오거스터스 로튼 경이 오셨습니다.
얼린 여사의 마차가 도착했습니다.

[오거스터스 경이 들어온다.]

오거스터스 경 잘 있었나, 친구? 안녕하세요, 윈더미어 부인. [얼린 여사를 본다.] 얼린 여사!

얼린 여사 안녕하세요? 오늘 아침 기분은 어떠세요?

오거스터스 경 [냉랭하게.] 아주 좋습니다. 감사합니다, 얼린 여사.

MRS. ERLYNNE   You don't look at all well, Lord Augustus. You stop up[73] too late — it is so bad for you. You really should take more care of yourself. Good-bye, Lord Windermere. [*Goes towards door with a bow to* LORD AUGUSTUS. *Suddenly smiles and looks back at him.*] Lord Augustus! Won't you see me to my carriage? You might carry the fan.

LORD WINDERMERE   Allow me!

MRS. ERLYNNE   No; I want Lord Augustus. I have a special message for the dear Duchess. Won't you carry the fan, Lord Augustus?

LORD AUGUSTUS   If you really desire it, Mrs. Erlynne.

MRS. ERLYNNE   [*laughing*] Of course I do. You'll carry it so gracefully. You would carry off anything gracefully, dear Lord Augustus.

[*When she reaches the door she looks back for a moment at* LADY WINDERMERE. *Their eyes meet. Then she turns, and exit C. followed by* LORD AUGUSTUS.]

LADY WINDERMERE   You will never speak against Mrs. Erlynne again, Arthur, will you?

LORD WINDERMERE   [*gravely*] She is better than one thought her.

LADY WINDERMERE   She is better than I am.

---

73) stop up: 일어나 있다.

얼린 여사   오거스터스 경, 건강해 보이지 않으신데요. 당신은 너무 늦게 잠자리에 들어요. 그건 건강에 안 좋아요. 당신은 스스로를 좀 더 챙겨야 해요. 안녕히 계세요, 윈더미어 경. [오거스터스 경에게 인사를 하고 문으로 향한다. 갑자기 웃으면서 그를 뒤돌아본다.] 오거스터스 경! 마차까지 나를 바래다줄래요? 부채를 들어도 좋아요.

윈더미어 경   내가 할게요!

얼린 여사   안돼요. 난 오거스터스 경을 원해요. 공작부인에게 전할 특별 메시지가 있거든요. 오거스터스 경, 부채를 들어주실래요?

오거스터스 경   당신이 정말 그걸 원한다면, 얼린 여사.

얼린 여사   [크게 웃는다.] 물론 원하죠. 정말 품위 있게 그것을 들어야 해요. 오거스터스 경, 당신은 무엇을 하든 품위가 있어요.

[문에 이르러 얼린 여사는 잠시 윈더미어 부인을 돌아본다. 그들의 눈이 마주친다. 그리고 나서 얼린 여사는 뒤돌아서 나간다. 중앙으로 오거스터스 경이 그녀를 따른다.]

윈더미어 부인   아서, 얼린 여사를 다시는 절대로 욕하지 않을 거죠?

윈더미어 경   [심각하게.] 여사는 사람들이 생각했던 것보다 훨씬 착하오.

윈더미어 부인   여사는 나보다도 더 착해요.

LORD WINDERMERE   [*smiling as he strokes her hair*] Child, you and she
belong to different worlds. Into your world evil
has never entered.

LADY WINDERMERE   Don't say that, Arthur. There is the same world
for all of us, and good and evil, sin and innocence,
go through it hand in hand. To shut one's eyes to
half of life that one may live securely is as though
one blinded oneself that one might walk with
more safety in a land of pit and precipice.

LORD WINDERMERE   [*moves down with her*] Darling, why do you say
that?

LADY WINDERMERE   [*sits on sofa*] Because I, who had shut my eyes to
life, came to the brink. And one who had
separated us —

LORD WINDERMERE   We were never separated.

LADY WINDERMERE   We never must be again. O Arthur, don't love
me less, and I will trust you more. I will trust
you absolutely. Let us go to Selby. In the Rose
Garden at Selby the roses are white and red.

[*Enter* LORD AUGUSTUS *C.*]

LORD AUGUSTUS   Arthur, she has explained everything! [LADY
WINDERMERE *looks horribly frightened at this*. LORD
WINDERMERE *starts*.

윈더미어 경   [그녀의 머리를 쓰다듬으면서 웃는다.] 자기, 당신과 여사
          는 서로 다른 세계에 속해 있어요. 악이 한 번도 당
          신 세계를 침입한 적이 없었지 않소.

윈더미어 부인   아서, 그런 말 하지 말아요. 세상은 우리 모두에게
          똑같아요. 선과 악, 죄와 무죄, 그것들이 손을 맞잡
          고 세상을 만들어가요. 안전하게 살기 위해 삶의 반
          쪽을 눈감고 외면하는 것은 벼랑 끝에 낭떠러지가
          있는 곳에서 서 더 안전하게 걸으려고 눈을 감는 것
          과 같아요.

윈더미어 경   [그녀와 함께 무대 앞으로 움직인다.] 여보, 왜 그렇게 얘
          기하는 거요?

윈더미어 부인   [소파에 앉는다.] 인생에 눈을 감았던 나, 벼랑 끝에서
          떨어질 뻔 했어요. 그리고 우리들을 갈라놓았던 사
          람은 . . .

윈더미어 경   우리는 한 번도 갈라진 적이 없었소.

윈더미어 부인   절대로 다시 헤어지면 안돼요. 아, 아서, 나를 전처
          럼 사랑해 주세요. 그러면 당신을 더 믿게 될 거예
          요. 당신을 절대적으로 믿을 거예요. 셸비에 가요.
          셸비에 있는 장미 정원의 장미들은 하얗고 빨개요.

          [오거스터스 경이 중앙으로 들어온다.]

오거스터스 경   아서, 그녀가 모든 것을 해명했어! [윈더미어 부인은 무
          섭게 깜짝 놀란 듯이 보인다. 윈더미어 경도 놀란다.

LORD AUGUSTUS *takes* WINDERMERE *by the arm and brings him to front of stage. He talks rapidly and in a low voice.* LADY WINDERMERE *stands watching them in terror.*] My dear fellow, she has explained every demmed thing. We all wronged her immensely. It was entirely for my sake she went to Darlington's rooms. Called first at the Club — fact is, wanted to put me out of suspense — and being told I had gone on — followed — naturally frightened when she heard a lot of us coming in — retired to another room — I assure you, most gratifying to me, the whole thing. We all behaved brutally to her. She is just the woman for me. Suits me down to the ground. All the conditions she makes are that we live entirely out of England. A very good thing too. Demmed clubs, demmed climate, demmed cooks, demmed everything. Sick of it all!

LADY WINDERMERE [*frightened*] Has Mrs. Erlynne — ?

LORD AUGUSTUS [*advancing towards her with a low bow*] Yes, Lady Windermere — Mrs. Erlynne has done me the honour of accepting my hand.

LORD WINDERMERE Well, you are certainly marrying a very clever woman!

LADY WINDERMERE [taking her husband's hand] Ah, you're marrying a very good woman!

CURTAIN

오거스터스 경이 윈더미어 경의 팔을 잡는다. 그를 무대 앞으로 데리고 간다. 빨리 낮은 목소리로 말한다. 윈더미어 부인은 공포에 질려 그들을 바라보면서 서있다.] 친구, 제기랄, 그녀가 모든 일을 일일이 해명했다네. 우리 모두 그녀를 엄청나게 모욕했어. 그녀가 달링턴 집에 갔던 것은 전적으로 나를 위해서였어. 우선 클럽에 들렀대. 사실은 나를 걱정에서 벗어나게 해주고 싶었대 . . . 내가 이미 떠났다는 소리를 듣고, . . . 뒤쫓아 왔다더군. . . . 우리들이 들어오는 소리를 들었을 때 그녀가 두려워했던 것은 당연해. . . . 그래서 다른 방으로 숨었대. 정말 마음에 들어. 몽땅. 우리 모두가 그녀에게 야비하게 행동했어. 그녀는 바로 내 여자야. 딱이야. 그녀가 제안한 조건은 완전히 영국을 떠나 사는 거야. 또한 정말 훌륭한 결정이야. 망할 클럽, 망할 날씨, 망할 요리사들, 망할 모든 것. 모든 게 진저리가 쳐져!

윈더미어 부인   [놀란다.] 얼린 여사가 . . . ?

오거스터스 경   [정중하게 절을 하면서 그녀에게 다가간다.] 네, 윈더미어 부인 . . . 얼린 여사가 나의 면목을 세워줬어요, 구혼을 수락했거든요

윈더미어 경   어, 정말 자네는 똑똑한 여자와 결혼하는군!

윈더미어 부인   [남편의 손을 잡는다.] 아, 정말 착한 여자와 결혼하시네요!

커튼이 내려온다.

작가 연보

1854	10월 10일에 더블린에서 태어나다.
1871	트리니티 칼리지(Trinity College)에 들어가다.
1874	10월 옥스퍼드 막달렌 칼리지(Magdalene College)에 입학하다. 1874년부터 1879년까지 장학금을 받다. 1879년 런던에 자리 잡고 작가로서 활동.
1875	6월 더블린에 트리니티 대학의 고대 역사 교수인 마하피(Mahaffy)와 이태리로 여행.
1876	4월 19일 아버지 윌리엄 와일드 경의 죽음.
1877	3월~4월 마하피와 그리스와 이태리 여행.
1878	6월 시 「라브나」('Ravena')로 뉴디게이트 상(Newdigate Prize)을 받음. 7월 학사 학위 취득 최종 시험에 1등을 했음.
1879	10월 프랭크 마일즈(Frank Miles)와 런던에 방을 얻음.
1880	10월 마일즈와 첼시(Chelsea)의 타이트 가에 있는 키츠 하우스(Keats House)로 이사.

9월 와일드는 최초 희곡인 『베라, 또는 허무주의자들』(*Vera; or The Nihilists*)을 개인적으로 출판.

1881   4월 23일 길버트와 설리번(Gilbert and Sullivan)이 『인내』(*Patience*)를 발표.

6월 『시들』(*Poems*)을 출판.

12월 24일 『인내』 공연에 맞추어 뉴욕으로 강연 투어를 떠남. 『인내』의 등장인물인, 육욕에 탐닉하는 시인 번톤(Bunthorne)은 와일드를 패러디한 인물임.

1883   파리에서 그의 시극 『파두아의 공작부인』(*The Duchess of Padua*)을 완성.

1884   5월 29일 와일드가 콘스탄스 로이드(Constance Lloyd)와 결혼.

1885   6월 5일 첫 아들 시릴(Cyril)이 태어남.

저널리즘 활동을 시작. 『폴 몰 가제트』(*Pall Mall Gazette*), 『연극 평론』(*Dramatic Review*)등과 같은 저널에 글들을 게재.

1886   로버트 로스(Robert Ross)와 만남.

6월 5일 둘째 아들 비비안(Vivian)이 태어남.

1888   『행복한 왕자와 다른 이야기들』(*The Happy Prince and Other Tales*)을 출판.

1889   『W. H. 씨의 초상』(*The Portrait of Mr. W. H.*)을 출판.

1890   『도리안 그레이의 초상』(*The Picture of Dorian Gray*)을 출판.

1891   알프레드 더글러스(Lord Alfred Douglas) 경을 만남.

2월 「사회주의 하에 인간의 영혼」("The Soul of Man under Socialism")을 『포트나이틀리 평론』(*Fortnightly Review*)에 실음.

4월 『도리안 그레이의 초상』(*The Picture of Dorian Gray*)의 증보판을 출판.

5월 『의도들』(*Intentions*)을 출판.

11~12월 파리에서 『살로메』(*Salome*)를 씀.

1892 세인트 제임스 극장에서 『윈더미어 부인의 부채』(*Lady Windermere's Fan*)를 초연.

6월 타이틀 롤을 맡은 사라 번하르트(Sarah Bernhardt)와 『살로메』 리허설. 그러나 로드 챔벌린(Lord Chamblain)에 의해 공연이 금지 당함.

1893 2월 『살로메』를 불어로 출판.

4월 19일 『별 볼일 없는 여자』(*A Woman of No Importance*) 초연.

11월 『윈더미어 부인의 부채』를 출판.

1894 2월 오브레이 비어즐리(Aubrey Beardsley)의 삽화를 곁들어 『살로메』를 영어로 출판.

10월 『별 볼일 없는 여자』를 출판.

1895 1월 3일 『이상적 남편』(*An Ideal Husband*)을 헤이마켓의 로얄 극장(Royal Theatre)에서 초연.

2월 14일 『어니스트 놀이』(*The Importance of Being Earnest*)를 세인트 제임스 극장(St. James's Theatre)에서 초연.

5월 25일 와일드는 외설로 유죄판결을 받음. 2년의 감금과 중노동을 선고 받음.

1896 2월 3일 어머니의 죽음.

2월 11일 파리의 떼아뜨르 드 뢰브르(Theatre de L'Oeuvre)에서 『살로메』 공연.

1897 1월~3월 더글러스에게 긴 편지를 씀. 후에 그 편지가 『심연으로부터』(*De Profundis*)로 출간됨.

5월 19일 와일드 감옥에서 풀려남. 그날 밤에 페리를 타고 디에프(Dieppe)로 가서 죽을 때까지 프랑스, 이태리, 스위스 등을 돌아다님.

1898   2월 『레딩 감옥에서의 발라드』(*The Ballad of Reading Goal*)를 출판.

4월 7일 부인 콘스탄스 와일드 죽음.

1899   2월 『어니스트 놀이』 출판.

7월 『이상적 남편』 출판.

1900   11월 30일 로마 가톨릭 교회로 개종한 후 와일드는 파리의 알자스 호텔에서 죽음을 맞이함.

역자약력

이화여자대학교 영어영문학과 졸업
동 대학교에서 「해롤드 핀터의 작품세계」로 박사학위 취득
현재 강원대학교 인문대 영어영문학과 교수

윈더미어 부인의 부채—착한 여인에 대한 연극

발행일 • 2010년 2월 28일
지은이 • 오스카 와일드/옮긴이 • 오경심
발행인 • 이성모/발행처 • 도서출판 동인/등록 • 제1−1599호
주소 • 서울시 종로구 명륜동2가 아남주상복합아파트 118호
TEL • (02) 765−7145, 55/FAX • (02) 765−7165/E−mail • dongin60@chol.com
Homepage • donginbook.co.kr

ISBN 978−89−5506−434−6
정가 10,000원